월화수목금 다섯열음의
너를 산책하는 중이라서.

너를
산책하는
중이라서

월요열음 | 산책자

화요열음 | 엉겅퀴

수요열음 |　최별

목요열음 |　치키

금요열음 | 해쪼이

FOREST
WHALE

차 례

챕터 1.

뜨거운 열음의 산책자들

챕터 2.

가을 하늘 아래, 우리

챕터 3.

차가운 온기, 겨울이 쌓이다

챕터 4.

피어나라, 나의 봄

작가소개

월요열음 | 산책자

화요열음 | 엉겅퀴

수요열음 | 최 별

목요열음 | 치 키

금요열음 | 해쪼이

정윤정.
작가. 글을 쓰는 사람.

매일을 산책하듯 글을 쓰기에
산책자라는 별칭을 가진 작가,
정윤정입니다.

글을 쓰는 것은 삶을 쓰는 것입니다.
쓰는 것이냐, 쓴다는 것이냐 묻는다면
말장난 같지만 중의적인 표현이 겹쳐지는 것입니다.

모든 사람은 삶을 살고, 그 삶을 살아간다는 것은
사용한다는 의미의 '쓴다'는 것일 겁니다.
그리고 저는 그 삶을 사용하는 쓺의 도구로
글을 '씁'니다.

저의 모든 쓰임이 헛되지 않기를 바라며,
당신에게 진심을 전하겠습니다.

화요열음 | 엉겅퀴

"잘하고 싶어 애쓰던 사람"

일기를 쓰더라도 잘 쓰고 싶었고, 설명문을 쓰더라도 잘 쓰고 싶었습니다. 그렇게 무슨 글이든 잘 쓰고 싶어 애쓰던 학생은 성인이 되어서도 글쓰기를 놓지 않았습니다. 어떠한 상황에서든 펜을 들거나 키보드를 두드렸습니다.

무엇이든 잘하고 싶어 애쓰는 사람이었습니다. 대충 적당히 하는 것은 용납할 수 없었습니다. 저에게 있어 도파민을 자극하는 것은 성취감이었습니다. 성취감은 저에게 있어 큰 행복이었습니다.

그래서 누가 보더라도 언제나 한결같이, 무엇이든 잘하려 애쓰는 사람이었습니다. 만약 하기 싫은 일이더라도, 해야만 하거나 할 수밖에 없는 상황이라면 반드시 해냈습니다. 그 모든 것이 끝나고 난 후의 성취감이 저를 살게 했습니다. 그렇게 인내하며 살았던 것 같습니다. 만약, 할 수 있는 일임에도 대충 하거나 아예 무시한다면 그것은 죄악이라 생각하며 살았습니다. 무엇이 되었든 내가 할 수 있는 일이라고 생각되면 잘 해내려고 노력했습니다.

저는 신앙이 있는 사람이니까요.

이 모든 사실은 인생을 사는 동안 꾸준히 글을 쓰며 알게 된 것들입니다. 글쓰기를 하며 검열과 성찰을 하고 참된 내면을 들여다보았습니다. 잘하고 싶어 애쓰는 모습으로 살아온 인생은 인정받고 싶은 욕구에서 비롯됐을까요? 아니면 사람이 고픈 외로운 마음에서였을까요? 또 아니면, 그냥 그렇게 태어난 사람이어서였을까요?

저는 지금도 글을 쓰며 아직 알지 못한 답을 찾아 헤맵니다. 꼭 알아야만 하는 답은 아닐 테지만 죽는 날까지 글을 쓰다 보면 알게 될 인생의 마지막 비밀이라고 믿으면서 말입니다.

수요열음 | 최 별

위로와 행복을 전하는 메시지로
많은 사랑을 받고 있는 최 별 작가.

이번에는 자신의 이야기를
담담하게 풀어내며 책을 펴 냅니다.

자신을 드러내지 않던 작가가
이번 책에서는 속내를 드러내며
인간적인 면으로 다가갈 예정입니다.

많은 이들에게 행복을 전하는 그의 내면에는
어떤 모습이 자리하고 있을지 책에서 확인하기를
바랍니다.

그가 쓴 책으로는

<좋겠다, 곧 행복해질 당신이라서>,

<아름답고 아름다워질 당신에게>,

<아프지 말고 행복하게 잘 살아갈 것> 등이 있습니다.

목요열음 | 치 키

사람이 삶이라는 생각으로
따스한 온기로 글을 그리고,
그림을 끄적이는 CHIKI 작가입니다.

주로 작가의 그림에는 어두움 속 밝음이 존재하고,
누군가에게 희망이 불빛으로 다가갈 수 있기를 바라며
글과 그림에 메시지를 담습니다.

나의 지금 이 순간은 청춘이고, 젊음이고
내가 제일 빛나게 피어나는 순간이라고 생각합니다.

아직 덜 여문 어른인 나는 어른아이이며
어른이도 온기가 필요하고 놀이터가 필요하다고
말합니다.

그렇게, 나의 온기가 닿기를 바라는 마음으로
서툰 끄적임을 그리며 나아갑니다.

작가의 주요 활동으로는
<어른이도 온기가 필요해> 그림 에세이를 출간,
<아임, 그리다>라는 그림방을 운영하고 있고
<작가와 꼬꼬무북토크>라는 독서토론을 진행하며
김해 도슨트 갤러리의 운영진 겸 전속 작가로 다양한
그림전시와 아트페어로도 활동하며 온기를 전합니다.

금요열음 | 해쪼이

햇볕을 쪼이고 싶은 사람 '해쪼이' 입니다.
햇볕은 행복입니다. 당신에게 행복을
입혀드리겠습니다.

금요 산책을 주관하며, 한 걸음씩 나아가다 보니,
정해놓은 목적지에 어느새 도착해 있었습니다.
이 글을 읽는 당신의 목적지는 어디입니까?

이 수필집이 당신에게 기차역이었으면 합니다.
역은 설렘과 아쉬움이 공존하는 공간입니다.

여행을 시작하는 이에겐 설렘으로,
마무리하는 이에겐 아쉬움으로.
또, 누군가 만나러 가는 길에는 설렘을,

떠나보내는 길에는 아쉬움을.

책을 읽으면서 한 문장 그리고
한 글자마다 당신이 행복할 것을
그리고 설렜으면 하는 바람을 담아봅니다.

펼쳐본 장이 많아질수록 끝남이 아쉬워지기를.

오늘도 너에게 해를 쪼이며 산책하겠습니다.

프롤로그

'열음' 이라는 말은 순우리말로 '열매를 맺는다'는 뜻이라고 합니다.

이 책을 읽음으로써 요일별로 다섯명의 작가들의 일상을 함께 산책한다는 의미가 담겨있기에 우리들을 다섯 '열음'으로 표현해 보았습니다. 작가가 풀어나가는 이야기라는 것은 읽어주는 독자분들이 있기에 열매를 맺는 사람들이니까요.

한 '열음'이 함께이면 정말 반짝반짝 빛날 것 같다는 다른 '열음'들을 모아 다섯 '열음'이 되어 읽어주는 독자를 산책한다는 의미를 담아 <너를 산책하는 중이라서>라는 요일 에세이가 나오게 되었습니다. 다섯 열음들이 각자의 요일을 정하여 한 달이라는 기준으

로 오늘이 지나면 내일은 당신이라는 열음의 이야기
를 산책할 수 있도록요.

　월요일의 산책자, 화요일의 엉겅퀴, 수요일의 최 별,
목요일의 치키, 금요일의 해쪼이라는 열음이 이 책을
열어주신 독자분들과 자신의 요일을 살포시 열어드
립니다.

나는, 너를 산책하는 중이라서.

챕터 1.

뜨거운
열음의
산책자들

산책월

1일 | 산책자

꽃피지 못한 자리에

맺혀버린 열음

꽃피지 못한 자리에 맺혀버린 열음 *

기다리는 자에게 복이 있나니 언제나 계절은 다시 돌아옵니다.

그러니 항상 무엇보다 마음을 지키셔야만 합니다.

산책하며 바라보는 풍경은 다채롭지만 그 풍경 속에는 언제나 나무가 있었다. 도심 속에서 살아왔지만 유난히 나무가 많은 동네에 살았기 때문인지 나무는 기억 어느 장면에도 빠짐없이 굳건히 서 있었다. 그러니 자연스럽게 나무를 사랑할 수밖에 없었다.

좋아하고 있다는 사실도 모른 채 지내다 어린 날은 푸르른 흔들림에 시선을 빼앗기고, 어느 날은 쏟아져 내리는 화려함에 마음이 홀리고, 길의 끝에 다다른 날에는 앙상해진 초라함에 그대로 맥이 빠져 의지하고 말았다. 그렇게 나무는 산책길의 길잡이가 되어주곤 했다.

본격적으로 산책을 시작하고 나서는 애정하는 나

무도 생겼다. 나무를 좋아하는 이유를 묻는다면 가지가 만들어낸 공간감이 아름답다 답하고 싶다.

그 가지에 나뭇잎이 풍성히 열렸을 때는 커다란 둥지와 같이 보여 안정감을 느끼고, 그 가지에 꽃이 피었을 때는 머리와 마음이 동시에 가득 차 환희를 느끼곤 했다. 그런 가지에 열매가 맺혔을 때 감탄하는 어머니의 목소리를 듣고서 비로소 차오른 생명의 찬란함을 느끼며 전율했다.

어머니와 걷는 길은 특별하다. 우리는 한평생 같이 살아왔음에도 불구하고 참 많이 다르다. 하지만 다름에도 다투지 않는다는 사실이 얼마나 대단한 것인지 나이가 들수록 체감한다. 함께 사는 사람과 좋은 사이를 유지하는 것은 결코 쉽지 않은 일이다.

아마도 인지하지 못하고 받아온 배려에서 그 쉽지 않은 일을 쉽게 느낄 수 있는 배움을 체득한 것이 아닐까. 쉽지 않은 것을 쉽게 느끼는 일은 축복이다. 함께 지낸 가족애뿐만 아니라 아직까지도 어머니는 내게 배움과 품과 영감이 되어 주신다.

우리는 같은 방향으로 걸어가지만 다른 풍경을 바

라본다. 어머니는 눈에 잘 띄지 않는 구석의 작은 꽃을 살피시고, 나는 눈길을 잡아끄는 화려하고 향기가 짙은 꽃에게 마음을 빼앗긴다. 어린 시절에는 사진에 잘 담기지도 않는 작은 꽃을 왜 좋아하시는지 이해할 수 없었지만 조금 더 자랐을 때, 그 이유를 깨달을 수 있었다.

어른이 아이를 살피는 것처럼 큰마음은 세상의 작은 것으로 향한다. 그것이 작은 생명도 이렇게 커다란 세상 속에서 살아갈 수 있는 이유가 된다. 그 마음은 측은지심, 보살피고 지켜주고자 하는 높은 차원의 사랑인 것이다. 작디작은 마음은 무언가를 얻고자 욕망하지만 큰마음은 그것을 품고자 희생한다. 그런 큰마음을 가진 어머니의 작은 열매는 딴딴하게 차올라 땡글땡글 잘도 굴러다니지만 언젠가는 큰 나무가 될 수 있을 거라는 소망을 씨앗 깊은 곳에 품을 수밖에 없다.

누군가가 다른 누군가를 '나무'라고 부르는 것을 들었다. 처음에는 '나무?' 익숙지 않은 애칭에 웃음이 터졌지만, 이내 나무 같은 사람을 곁에 둔 이가 부러워졌다. '나무 같은 사람이라…' 어쩐지 의지가 되는 호칭이었다.

누군가에게 나무 같은 존재가 된다는 것은 사계를 함께 보내지 않고서는 불가능하다고 생각한다. 사계를 함께 보낸다는 것은 행복하기만 한 일은 아닐 것이다.

언제는 밝게 달려와 마주했던 해사한 얼굴도, 달라진 계절에 스치듯 지나가는 옆모습도, 또 달라진 계절에 등 돌려 가버리는 뒷모습도, 홀로 남아 돌아오길 기다리며 그리는 그 사람의 모습도 가만히 그 자리에서 다시 돌아올 계절을 기리며 견뎌야 하는 일일 테니 말이다.

그러나 언제나 바쁘게 걸어가야 하는 길 위에 변함없이 기다려 주는 나무 한 그루 심어져 있다면 덧없이 흘러가는 시간 속에 변해가는 세상의 모습에도 돌아오는 길을 헤매지 않을 것이다.

사계를 산책하는 주제의 글을 쓰고자 했을 때 무슨 이야기를 하면 좋을까 많이 고민했다. 보통 봄으로 시작하여 겨울로 끝이 나는 계절의 순서가 익숙하지만 여름에서 시작하여 봄으로 끝이 나는 순서로 주제가 정해졌을 때, 마치 응당 그래야만 했던 것처럼 그 사람에게 편지를 써야겠다 마음먹었다. 다시 돌아온 여름이 기다린 만큼 달갑지 않았기 때문이다. 아마도 기다리던 것은 계절이 아니라 그 사람이었을지 모른다.

어릴 적 나무 아래 묻어두는 타임캡슐처럼 그 사람도 그렇게 나의 나무 아래 급급하게 묻어둔 비밀로 남아있었다. 끝내지 못한 것이 나뻐일까 봐 쉽사리 꺼내 볼 수도 없었다. 끝내지 못한 이야기를 마무리 짓는다는 결정은 항상 쉽지만은 않다. 애써 열어둔 가능성이라는 문을 다시 닫아야 하고 이제야 평평하게 다져진 땅을 다시 파헤쳐야 하기 때문이다.

밤새 편지의 첫 문장을 쓰려 애를 썼지만 결국 끝내지 못했다. 백지 앞에서 느끼는 먹먹함에 차라리 그 사람에게 아무것도 적지 않은 편지를 보내고 싶었다. 어디선가 읽었던 글에서 아무것도 적지 않은 편지를 보내는 것은 너무나도 할 말이 많아 다 적을 수 없으니 나를 보러 오라는 의미라 했다. 그 의미를 깨우치면서 서러움을 참을 수 없었던 이유는 결국 그 사람에게 전하고 싶은 말은 보고 싶단 한 문장이었기 때문이다.

그 한 문장을 전하지 않기 위해 마음을 다스리는 일은 참 어렵기만 하다. 어려움을 견디는 이유는 오직 사랑하기 때문일 것이다. 알면서도 눈감고 듣고서도 입 열지 않는 것은 마음을 더없이 무겁게 만들지만, 사랑하는 이가 평안하길 바라는 마음은 굳게 닫힌 창문처럼 견고하다.

접힌 장은 책장을 넘기는 손끝에 늘 거슬렸지만, 서둘러 끝내고 싶지 않았다. 잠이 오지 않는 밤에는 그 사람과의 이야기를 거슬러 읽곤 했다. 어딘가에 흘려버린 피우지 못한 꽃잎이라도 줍고 싶었는지 모른다.

유난히 어지러운 봄날의 밤에 이끌려간 낯선 골목에 있던 꽃나무 한 그루 아래, 내가 피우지 못한 꽃잎이 눈처럼 가볍게 바람을 타고 흩날리고 있었다. 꽃잎은 부드럽고 향기롭고 아름다웠다. 그 밤의 향기가 지독하게 취하게 만들었다.

접어둔 장을 열어 첫 장부터 다시 읽어 내려가는 우리의 이야기 위로 꽃피지 못한 자리에 맺혀버린 열매를 뚝뚝 떨어트렸다. 계절을 모르고 맺혀버린 열매는 받아줄 손 없이 땅에 고스란히 떨구어 나동그라졌다.

버티어 낸 시간만큼이나 옹골차게 무게를 더한 열매는 꽃잎처럼 사뿐히 내려앉지 못하고 퍽퍽 파찰음을 내며 처절하게 낙하했다. 그 사람을 탓하고 싶지 않았고, 그 사람을 탓하는 이의 손을 들어주고 싶지도 않았다. 더욱이 계절을 모르고 열매를 맺어버린 천치가 되고 싶은 마음은 추호도 없었다.

시간은 좋고 나쁨을 초월하여 소중하다. 기다린 자에게는 복이 있다고 했다. 언제나 나를 붙잡아주는 '이 또한 지나가리라.'라는 문장처럼 말이다. 인내와 초연함은 시간을 견디기 위해 필수적인 마음가짐이다. 계절은 순환하고 시간은 흘러가지만 마음은 본질적으로 영원한 것이기 때문이다.

꽃피지 못한 자리에 맺혀버린 열매는 부끄러운 것이 아니다. 계절은 기다리지 않아도 되는 것이며 시간에 휩쓸리지 않아도 된다.

순수하게 맺어진 열매는 자체로 소중하다. 그러니 내게 있어 그 여름은 특별했다. 그대가 나에게 진심이었든지 아니었든지 더 이상 내게 있어 중요치 않았다. 어쩌면 그대의 진심을 바라고 기다리는 것이 무의미

했을지 모른다.

나의 시간 어느 시점에 그대가 들어왔고, 분명히 전율했고, 이내 그 순간을 되돌릴 수 없음에 보고파 울었다는 기억만이 남았다. 사랑이라 말하기에는 부족하지만 보고 싶다 말하기엔 충분했던 인연이었다. 여름의 끝자락에서 한발 멀어진 거리가 서로를 더 바로 볼 수 있게 해 줄 수 있지 않을까 기대했다. 어느 시점에서라도 다시 볼 수 있지 않을까 이유 모를 믿음도 있었다.

그런 모습에 해로운 만남이라 말하는 이도 분명 있었다. 그 말에 관계에서 더욱 물러나 관조적으로 바라보았다. 그 사람만이 과연 해로웠을까. 나 역시 그 사람에게 해로운 존재였을 수 있다.

객관적으로 나의 행동에 문제가 있었다면 그 사실을 변호할 생각도 변명할 필요도 없다. 늘 나를 정죄하는 것은 나의 삶의 사건과 아무런 관계도 없는 남, 타인들이다. 그들이 씌우는 프레임을 통해서 그들을 바라본다. '그들은 나의 저편에 서 있구나. 그들은 나의 이편을 바라보는구나. 그들은 나와 거리를 둔 분리된 타인들이구나.'

그러니 나아가는 걸음은 그들의 프레임을 벗어나는 것이 두렵지 않다. 오히려 그것을 내가 두려워할 것이라 생각하는 이들의 두려움을 나는 생경하게 느낀다. 무엇보다도 지켜야 하는 것은 마음이다. 그러니 내가 그 사람을 사랑하는 마음과 그 사람이 나를 사랑할 줄 모른다는 사실은 별개의 일이다. 다시 말하자면 내가 그 사람을 사랑하는 것과 그 사람과 사랑하는 것은 별개의 일이란 말이다. 그렇기 때문에 그 두 가지 마음을 혼동하지 않아야 한다.

서로에게 서로가 불충분하고 해롭다면 결코 사랑한다는 이유로 사랑을 내던지지 않을 것이다. 사랑은 그저 그 자리에 존재하는 것만으로 충분하다. 그러니 곁에 머물지 않아도 사랑은 그치지 않을 것이다. 그 사랑을 간직한 채 마음을 지키는 것은 상대가 아니라 나의 몫이다. 그 사실을 인지한 존재는 더 이상 외로움을 두려워하지 않는다.

유난히 덥고 습했던 여름의 자락에 맺혀버린 열매는 꽃잎을 흩날리는 옅은 바람에도 떨어져 버리고 말았지만, 그 소동에 나무는 더 깊숙이 뿌리는 내렸다. 그 떨림에 나무는 더 땅을 꼭 감싸 쥐었다. 기다리는 자에게 복이 있나니 언제나 계절은 다시 돌아오고 항상 무엇보다 마음을 지켜야 한다고 되뇌며 다시 한 줄의 나이테를 새겨 넣는다.

사람은 나무와 참 닮았다. 기다리던 계절에 당신은 없었고 보고픈 마음이 이끈 곳에는 애정하는 나무의 커다란 흔들림이 마치 기다렸다는 듯이 손 흔들고 있었다. 천천히 다가가는 걸음에 깊이 숨 쉬며 젖은 가지의 냄새를 들이마셨다. 살짝은 매캐하고 어딘가 시원하며, 무척이나 그리운 향이 퍼져갔다.

나무의 나지막한 목소리를 들었다. '아무도 뿌리는 보지 못합니다. 꽃과 열매보다 중요한 것은 뿌리입니다. 향기로운 꽃을 피워내는 것도 달디 단 열매를 맺는 것도 한 철일 뿐입니다. 정작 중요한 것은 돌고 도는 계절이 아니라 깊이 내린 뿌리입니다. 그러니 당신의 뿌리에 집중하고 또 뽑히지 않도록 지켜내세요. 그러고 이내 돌아올 계절을 기다리세요. 나무는 성장을 멈추지 않습니다. 기다리는 자에게는 언제나 복이 있습니다.' 꼬깃한 백지를 펼쳐내 당신에게 전하는 문장을 꾹꾹 눌러 적었다.

'우리가 꽃피우지 못한 자리에 맺혀버린 열매가 부끄러워 품속에 꽁꽁 숨겨두었어요. 기다리는 자에게 주어지는 복이란 어쩌면 흘러가는 시간도 휩쓸어 갈 수 없는 초연한 마음이 아닐까요. 그 마음은 변치 않을 거예요. 떨어진 열매는 어느새 나무가 될 준비를 마쳤습니다. 그대여 언제나 계절은 다시 돌아옵니다. 그러니 그대의 마음이 늘 안녕하기를 바랍니다.'

사랑은 외로움을 견디는 법을 가르치고,
그리움은 존재를 보존하는 법을 가르치는
열음이었다.

사랑은 외로움을 견디는 법을 가르치고,
그리움은 존재를 보존하는 법을 가르치는
열쇠였다.

sanchaek lighter, 정윤정.

산책월

2일 | 엉겅퀴

어서 오세요,

식당 문 열었습니다

어서 오세요,
식당 문 열었습니다　　*

말복 더위에 밖에서 맨손으로 물고기를 잡으라니!

사람이 살면서 예상할 수 있는 경험의 범주를 넘어서는 제안이었다. 휴양지나 강에서 하는 고기잡이가 아니었다. 도심 속 골목에서 펄떡펄떡 몸부림치는 송어를 맨손으로 잡는 경험을 상상이나 했는가 말이다. 신부님의 입에서 그런 얘기가 나올 줄은 꿈에도 몰랐다. 이전의 경력을 입소문으로 들어 어렴풋이 인지(認知)는 했지만 막상 이렇게 겪게 될 줄은 정말 몰랐다.

작년이었다. 행사 소식은 이른 봄부터 들려왔다. 8월 15일이 되면 그 누구도 겪어보지 못한 신박한 경험을 하게 될 것이라는 소문이 돌았다. 행사를 주최한 신부님 이외에 아는 것이 별로 없는 상황이라 나를 비롯한 주변 사람들은 모이기만 하면 상상의 나래를 펼쳤다.

사람들 사이에서 행사를 칭하는 명칭은 '송어축제'였고 내용은 이랬다. 엄청나게 커다란 풀장에 성인 남성 팔뚝만 한 송어 수십 마리를 풀어놓고 누구나 자유롭게 맨손으로 잡는 것. 잡은 송어는 횟감으로도 쓰고 장작에도 구워 다양하게 요리해 먹고 남녀노소 이 축제를 함께 하며 뜨거운 여름의 추억을 만들자는 것.

　취지와 드러나 있는 내용만 보아서는 너무 좋을 것만 같았다. 어른들과 아이들 모두에게 근사한 경험이 될 것만 같은 송어축제로 남지 않을까 기대하는 분위기였다. 하지만 행사를 이끌어야만 하는 나의 부담감은 이만저만이 아니었다. 참여 예상 인원은 약 300명. 송어축제를 기획하고 지시한 신부님의 공동체 지향적 의도를 잘 반영할 수는 있을지, 별다른 사고는 없을지, 말복 더위에 불 앞에서 음식을 만드는 것이 여러 사람들의 고생으로 끝나지는 않을지, 준비한 것보다 보람차지 않아서 험담으로 남을 흑역사를 창조하는 것은 아닐지 등등의 온갖 생각들이 떠올랐다.

　천만다행으로 나에게는 이 부담을 함께 나눌 동지들이 있었다. 신부님이 인솔하는 단체의 임원으로 나까지 총 4명이었는데 그들은 모두 나보다 인생 선배였다. 이미 우리는 1년 가까이 주 1회 이상 만나 서로의 고충을 들어주고 개인적인 상황을 배려하며 '반드시 해야만 하는 업무'를 해 나간 사이였기에 서로에 대한 믿음이 돈독했다. 우리 넷 중 리더는 가장 연장자인 선배였는데 그녀는 2년의 임기 중 가장 큰 행사가 될 이번 송어축제를 앞두고 날이 갈수록 핼쑥해졌다.

그랬다. 우리는 1년 가까이 봉사활동을 이어가고 있는 가정주부들이었다. 각자의 일상도 있고, 아이들도 키워야 했으며, 그렇기에 경제생활도 하던 사람들이었다. 심지어 그녀들 중 두 명은 각각 세 자녀를 키웠기에 우리 넷의 아이들만 합쳐도 인원수가 10명이었다. 송어 축제 이전에도 굵직한 행사 몇몇을 잘 진행해 온 우리였기에 서로에 대한 걱정은 일절 없었다. 그저, 앞서 언급한 온갖 생각들로 인해 행사를 망치진 않을지에 대한 우려였다. 더하여, 그 누구도 해보지 못한 경험을 무사히 진행하여 좋은 선례를 남겨야 한다는 '압박감'이 살짝 있었다.

이번 송어축제는 신부님의 입을 통해 자연스럽게 흘러나왔다고 했다. 마치 해마다 있었던 일처럼. 전년도인 2022년까지만 해도 코로나19로 인해 행사가 부담스러웠지만 이제는 진행할 시기이며, 필요한 비용을 지원할 테니 각 분과와 단체에서 협업하며 추진해 모두에게 좋은 추억을 만들어주자는 신부님의 빅피쳐 big picture… 그 빅피쳐는 얼마 지나지 않아서 우리에게도 공식적으로 전달됐다.

우리는 신부님의 말과 행동에 더 귀를 기울일 수밖에 없다. 아이들이 학교나 학원에서 배울 수 없는 깊은 인성과 지혜를 배우는 곳이 바로 신부님이 운영하는 이곳 '성당'이기 때문이다. 성당은 학교, 학원, 교우 관계, 가정사까지, 가뜩이나 인생이 고달픈 요즘 아이들의 '영혼휴식처'이다.

이러한 와중에 1년 가까이 임원을 하면서 새삼 느낀 것은, 자본주의 세상에 살면서 돈을 앞세우지 않아도 반드시 전해지는 진심이 있다는 것이었다. 철저히 자본주의에 물들어 생활하던 나의 인식이 조금씩 변화하게 된 것도 단체를 통해 봉사활동을 시작하면서부터였다.

송어축제가 어떤 것인지 겪어보지 않았지만, 행사를 진행하려면 음식이 필요하다는 것은 누구나 아는 사실이었다. 곁들일 술과 아이들이 먹을 간식을 포함하여 약 300여 명의 사람들이 편하게 먹고 즐길 수 있는 모든 게 갖추어져야 한다는 것은 너무나 당연했다. 따라서 신부님께서는 우리 넷에게 송어축제에서 작은 식당을 열어 음식을 판매하면 어떻겠냐고 물었고 우리는 그것을 적극 수용했다.

송어축제는 성당 마당 한가운데에 풀장을 설치하여 송어를 풀어놓고 어린 신자들부터 어르신 신자들까지 함께하는 대통합의 행사였다. 성당에 소속된 여러 단체에서 힘을 모아야 하는 아주 큰 행사였다. 성당에서 활동하는 모든 단체는 신앙을 바탕으로 한 저마다 특색 있는 봉사활동을 한다. 내가 속한 단체는 '자모회'라고 하여 기혼의 아이가 있는 여성을 대상으로 한다. 성당에 다니는 초중고 아이들은 주일학교에 다니며 교리와 인성교육을 받는데, 내 아이가 주일학교에 다닌다면 반드시 자모회 회원이라 할 수 있다.

신부님께서 성당에 있는 여러 단체들 중 자모회를 콕 짚어 송어축제를 즐길 식당을 열라고 물어본 것은 이유가 있었다. 단체 운영을 위한 기금 마련 즉, 자모회 수익 사업이었다. 자모회가 하는 일은 다양하지만 가장 큰 비중을 차지하는 것으로 주일학교 아이들을 위한 간식 준비가 있다. 매주 토요일 오후, 미사가 끝나면 귀가하는 아이들에게 간식이나 식사를 만들어 제공한다. 한 달에 4~5번 이루어지는 이 중요한 업무를 위해 나를 포함한 자모회 임원 4명은 바쁜 일상을 쪼개어 기쁜 마음으로 간식을 준비한다. 평소에 우리가 간식을 준비하는 분량은 학생 대상 80-100인분이지만 이번 송어축제의 경우 어르신 신자를 포함하여 300명의 식사를 준비해야 한다는 것이 부담으로 다가왔다.

하지만 우리 넷은 이번 행사에 적극적으로 임할 자세가 되어 있었다. 음식 판매라니… 절호의 기회였다. 주일학교 아이들 간식비 마련을 공식적으로 할 수 있다는 명분 하나로 우리 넷은 평소보다 더 똘똘 뭉쳤다.

물론, 평소에 간식을 준비할 때 신부님께서 지원해 주신다. 회비도 걷고 있었다. 재정적으로 궁핍하지는 않았지만 그래도 우리 넷은 마음가짐이 평소와 확실히 달랐다. 그동안 어떠한 행사든 투철한 봉사 정신을 앞세워 대가를 바라지 않고 일을 해온 우리 넷이었지만, 아이들 간식비를 마련할 수 있는 기회에 의욕이 불타올랐다.

자모회에서 우리는 각자 맡은 바 임무가 있었다. 회장, 부회장, 서기, 총무 이렇게 이루어진 역할에서 내가 맡은 것은 총무였다.

따라서 모든 회계처리를 하는 것이 나의 주된 임무였으며 업무와 관련하여 예결산서를 만들고 각종 서식을 관리, 보관, 작성하는 것이 포함됐다. 송어축제를 본격적으로 준비하기 시작한 것은 한 달 전부터였는데, 나는 3일에 걸쳐 기획안을 작성했고, 그로 인해 물꼬가 트였다.

특히 내 마음속에는 무언가 끓어오르는 것이 있었다. 신부님 허용하에 공식적으로 장사를 하며 수익을 낼 수 있는 상황에 대한 기대감이라고 할까? 남편과 함께 15년 넘게 가게를 운영한 나로서는 매출, 수익, 비용에 관한 상관관계를 떠올리지 않을 수 없었다. 궁금했다. 과연 자모회식당을 운영하여 얼마의 수익이 날지….

자모회식당 오픈을 위해 가장 먼저 우리가 한 일은 판매되었으면 하는 음식 종류에 대한 의견 수렴이었다. 또, 과거의 자료도 참고했다. 송어축제는 최초 행사지만 이번처럼 기금 마련을 위한 행사나 바자회 등은 선례가 존재했기 때문이다. 자료를 토대로 기획안을 작성하고 예산을 편성했다. 돌이켜 보면 총무로서의 업무가 가장 빛을 발했던 때이다.

그렇게 행사일인 8월 15일을 앞두고 약 한 달간 '주일학교 간식비 마련을 위한 자모회 식당'을 준비하며 바쁘게 지냈다. 하지만 전혀 예상하지 못한 고충이 있었다. 바로 음식에 대한 단가 책정. 몇 년 사이 물가가 올라도 너무 올랐던 것을 새삼 느꼈다. 아무리 아이들 먹일 간식비를 마련하는 취지라고 하지만 그래도 신자들끼리 하는 행사인데, 현실 물가를 반영하는 것이 야박하게 느껴지면 어쩌나, 마지막까지 머리가 아팠다. 그렇다고 또 너무 싼 값에 음식을 제공할 수도 없는 노릇이었다. 공휴일인 광복절에 편히 쉬지 못하고 불 앞에서 음식을 만들 봉사자 자모들을 생각하면 합당한 가격을 받아야만 한다고 생각했다.

송어 축제가 열리는 8월 15일은 신자가 아닌 사람들에게는 광복절이지만, 성당을 다니는 사람들에게는 아주 중요한 날이다. 가톨릭 신자에게 있어 '4대 의무 축일'이라 하여 성탄절(12/25), 부활절, 성령강림대축일(오순절)이다. 행사 당일인 오전 9시와 11시, 전 신자가 미사를 한 후 본격적인 송어축제가 시작됐다.

이날 나의 임무는 아주 막중했다. 돈이 왔다 갔다 하는 쿠폰 교환처가 내 담당이었기에. 먹거리가 판매되는 광장 입구에서 음식을 바꿔 먹는 교환권을 판매하는 것은 난생처음 있는 일이었지만, 막상 해 보니 **내 체질이었다.** 신자들이 교환처를 한바탕 휩쓸고 지나가면 몇 분 정도 숨 돌릴 틈이 생겼는데, 그때 뒤를 돌아보면 나를 제외한 임원들은 음식 만드는 자모들을 서포트하느라 정신이 없었다. 특히나 해물파전과 김치전을 부치는 그룹은 마치 전쟁을 방불케 했다.

일단 줄이 너무 길게 늘어져 있었다. 근방의 냄새 역시 너무나도 자극적이었다. 각종 재료를 비롯하여 보기에 꽤나 위협적인 도구들이 바쁘게 여러 사람 손을 오갔다. 그 와중에 기름 튀는 것도 두려워하지 않고 부침개를 뒤집는 자모회원들의 살짝 구겨진 미간이 아름다웠다. 파전이 맛있네, 김치전이 더 맛있네, 아니 저쪽에 있는 떡볶이가 더 맛있네, 설전을 벌이시는 어르신 신자들의 큰 목소리도 분위기를 띄웠다.

아이들은 물속으로 돌진했다. 강이나 바다로만 나가야 겨우 보는 커다란 물고기를 내 집처럼 드나드는 성당 앞마당에서 직접 잡다니, 대부분의 아이들이 송어를 잡으며 새로운 경험을 했다. 오감발달 체험이 미취학 유아동에게만 좋은 것이라고 그 누가 말했던가? 오감발달 체험은 남녀노소 누구에게도 좋은 것이었다.

어르신들은 식사와 함께 술 한잔하는 시간을 가졌고, 원 없이 송어를 잡은 아이들은 취향에 따라 좋아하는 음식을 열심히 먹었다. 무더운 여름날, 물놀이 후 먹는 팥빙수와 꼬치 어묵은 간식으로도 술안주로도 더할 나위 없었다. 한편, 어른들과 아이들이 적절히 분리되어 알찬 행사가 될 수 있던 아주 결정적인 이유는 성당 교사회에서 애쓴 덕분이었다. 아이들이 지루하지 않게 놀이 프로그램을 준비해 진행했는데, 과연 제2의 주일학교 여름캠프가 따로 없었다. 이렇게 송어축제는 참여한 전신자의 오감을 충만하게 하고 한 사람, 한 사람에게 있어 잊지 못할 추억이 됐다.

나는 이날 아이스 아메리카노 두 잔을 마시며 닭강정 몇 알을 입에 넣고 허기를 달랠 뿐 5시간 가까이 쿠폰 교환처에서 거의 움직이지 못했다. 물론, 쿠폰을 사러 오신 신자들이 음식과 캔맥주를 갖다주셨지만 전혀 먹을 수가 없었다. 정신 똑바로 차리고 돈 계산을 해야 하니 말이다. 파전과 김치전이 그렇게 맛있었 다는데… 결국 난 둘 중 아무것도 먹지 못했다.

늦은 오후가 되어 행사는 종료됐고, 뒷정리를 하며 또 한 번 감탄하지 않을 수 없었다. 땡볕에 송어를 잡 고 몇 시간 동안 술을 곁들인 대화의 시간을 가졌음에 도 남아있는 신자들이 모두 자리를 털고 일어나 일사 불란하게 움직이는 모습이란… 이 모든 것을 가능케 해 준 신에게 감사함이 저절로 우러나는 순간이었다.

그렇게 행사는 종료됐지만 자모회 총무로서 나의 업무는 일주일간 더 이어졌다. 결산 자료를 만들어야 했고 영수증을 취합해야 했기 때문이다. 또, 가장 핵 심이 되는 것이 남아있었다. '과연 수익이 얼마나 되 는가?'에 대한 답… 총매출이 100만 원이라고 가정할 때에 이번 자모회 식당의 수익은 51만 원인 수준이었 다. 모두 현금 거래였고, 세금과 시설 이용료 등을 계 산하지 않은 것이 있지만 그래도 예상에 미치지 못하 는 적은 마진이었다.

여기에 계산되지 않은 것이 바로, 인건비. 가뜩이나 인건비가 높아져 모든 물가가 오른 세상에서 우리는 살고 있지 않은가! 음식을 만들기 위해 고군분투한 15

명 내외 자모회원분들의 인건비를 포함한다면 이번 자모회 식당의 매출은 처참한 수준이라 할 수 있다. (계산법에 따라 마이너스의 수익일 수도!)

무사히 끝난 행사에 대한 결과를 서류로 만들어 보니 아주 찰나의 순간 허탈감이 없지 않았던 것은 아니다. 그리고 동시에 든 생각이 있었다. '장사는 아무나 하는 게 아니었구나, 특히나 음식장사는 이렇게 하다 간 금방 망하겠구나' 하는. 성당에서 처음 열린 송어축제에서 자모회 식당의 명분은 주일학교 간식비를 위한 기금 마련이었지만, 이번에 다시금 알았다. '아, 우리가 봉사활동을 할 수 있다는 것이 참 감사하고 행복한 일이구나!' 하고 말이다.

말복 더위가 기승을 부린 여름날, 성당에서 신박하게
열린 송어축제는 그렇게 우리 모두를
'뜨거운 열음의 산책자'가 되게 했다.

산책월

3일 | 최 별

여행 가기 좋은

계절입니다

여행 가기 좋은 계절입니다 *

조금 쉬어가도 괜찮아요.

여름이 주는 싱그러움을 누리기로 해요.

여름입니다. 말할 필요도 없이 굉장히 뜨거운 햇빛에 살이 타들어 가는 듯한 계절입니다. 파란 하늘을 보고 있자면 시원한 느낌이 들면서도 또 한편으로는 밖에 나가기가 참 무섭습니다. 더운 여름은 시원한 맥주 한잔 혹은 아이스 아메리카노를 떠올리게 합니다. 퇴근 후에 마시는 시원한 맥주 한잔이 여름의 무더위를 식혀줄 것만 같다는 생각이 듭니다. 무더운 날이 지속되면 카페를 찾아 나섭니다. 에어컨이 빵빵한 카페에서 커피를 한잔하며 책을 읽으면 아무리 더운 날들도 크게 무섭지가 않죠.

그러다 보면 문득 장마철이 옵니다. 추적추적 내리

는 빗소리에 몸을 맡기고 청하는 낮잠은 피로함을 잊게 해주는 듯합니다. 그래서 저는 여름을 힐링의 계절이라고 표현하고 싶습니다. 덥다, 덥다 생각하며 한없이 불만을 늘어놓기에도 좋겠지만 사실 쉬어 가기에도 정말 좋은 계절이기 때문이죠. 여름은 정말 여행 가기 좋은 계절입니다. 바쁜 일상 속에서 탈피하고 싶은 욕망을 채워줄 바다, 산, 계곡 등등 우리를 기다리는 자연으로 떠나기 참 좋습니다. 그중에서도 1순위를 뽑으라면 저는 단연 바다를 택하겠습니다. 바다가 주는 청량함과 파란 하늘, 모래사장의 따스함이 쉬어 가고 있다는 사실을 명확하게 해줍니다.

해변에 가면 수많은 사람들을 만납니다. 젊은 남녀 커플들, 귀여운 아이들과 함께하는 가족들, 친구끼리 우정을 다지겠다며 씩씩하게 놀러온 청년들이 각자 자신의 매력을 뽐내고 있습니다. 그 모습을 보고 있자면 참 세상에는 여러가지 색깔과 성격을 가진 사람들이 많다는 사실을 알게 됩니다. 서로 다른 모습임에도 불구하고 어우러져 살아가는 것이 우리의 삶이라는 생각과 함께 말입니다. 산은 또 다른 매력을 줍니다. 큰 나무들 사이에서 우거진 숲길을 걷고 있으면 자연과 사람은 함께 공존해야 된다는 사실을 다시 한번 깨닫습니다. 사람은 자연을 필요로 하고, 자연도 사람을 필요로 합니다. 그러하기에 더욱더 자연을 잘 지켜 나가야 하고 소중히 해야겠다는 생각이 듭니다.

산에 오르다 보면 다람쥐와 청설모를 쉽게 볼 수 있습니다. 생각보다 사람들에게 경계를 하지 않는 모습을 보면 사람이 먹이를 준다는 사실을 학습한 모양입니다. 귀여우면서도 예쁜 그들도 자연을 필요로 합니다. 그들에게 겨울은 혹독한 계절입니다. 먹이도 없는데다가 엄동설한을 견뎌내야 하기 때문이죠. 그래서 여름은 행복한 계절이라고 표현할 수도 있겠습니다. 동물들에게 먹이를 제공하고, 사람에게는 귀여운 동물을 볼 수 있게 해주는 계절이니까요. 산을 높이 올라가다 보면 어느새 굉장히 작아져 버린 도시의 모습을 볼 수 있습니다. 손가락으로 저 먼 곳을 가리키며 저기가 방금 내가 자고 나온 집이라고 하면서 이야기를 나누기도 합니다. 산이 주는 매력은 그런 것 같습니다.

높은 곳에서 아래를 내다보며 살아온 곳을 한눈에 볼 수 있다는 점, 그리고 잠시나마 산에 올라서 끝없는 초록빛으로 무장한 산을 보며 자연을 누릴 수 있다는 점들이 큰 행복으로 다가오는 듯합니다. 산을 오르며 열심히 태운 칼로리는 덤으로 가져갈 수 있겠습니다.

그렇게 우리는 여름의 무더위를 잊기 위해 어딘가로 떠납니다. 중요한 것은 우리가 떠나고 싶다는 그 마음에 있을 것 같습니다. 여행을 가고 싶다는 것은 어쩌면 힘든 삶 속에서 탈피하고 싶다는 생각을 보여주는 증거자료 와도 같을 것입니다. 회사를 다니다 보면 꼭 등장하는 휴가가 있습니다.

바로 '여름휴가'지요. 요새는 '겨울휴가'도 늘어나고 있는 추세지만 보통 직장에서 휴가라고 하면 '여름휴가'를 말하고 있습니다. 그만큼 여름에는 그동안의 힘든 삶을 내려놓고 쉬어 가는 때라고 생각이 듭니다. 열심히 일했던 당신이, 마음고생이 많았던 당신이, 육아에 지친 당신이, 사람관계에 지친 당신이, 나 자신과 싸우느라 힘들었던 당신이 여유를 부리기 딱 좋은 계절입니다. 그래서 여름은 쉬어 가야만 합니다.

너무 하고자 하는 것에 매달렸던, 그리고 이루기 위해서 몸과 마음을 쏟아부었던 마음을 재정비하는 시간이 필요합니다. 여름은 그런 필요를 충족시켜 줄 수 있는 최고의 계절입니다. 더운 여름은 사랑을 하기에 도 참 좋은 계절입니다. 젊은이들의 열정과 에너지가 분출되는 시기이기도 하며 만남을 하기에도 무척 좋기 때문이죠. 가을이 오면 외로움이 커져 누군가를 만나고 싶다는 생각이 커지는 법입니다. 그래서 그 외로움을 느끼기 전에 여름에 연애를 시작해 보는 것은 어떨까 하는 생각이 듭니다. 사랑하는 사람과 캠핑을 가서 바비큐 구이도 해 먹고 밤하늘의 별을 보며 감성에 젖어 든다면 그만큼 행복한 여행이 또 없겠습니다.

여름을 나이에 비유한다면 20~50세 정도로 표현할 수 있겠습니다. 젊음의 푸릇푸릇함과 싱그러움이 도는 때이니까요. 당신이 만약 20~50세 사이라면 삶의 여름을 지내고 있다고 보면 되겠습니다. 여름은 아주 중요한 계절입니다. 다가올 가을의 쓸쓸함을 잘 대비해야 하기도 하며 젊을 때만 할 수 있는 것들이 존재하기 때문입니다.

지나간 세월은 다시 오지 않고 다가올 내일은 예측하기 어렵습니다. 그래서 당신의 여름을 잘 보내야 하고 현명하게 지내야만 합니다. 그래서 저는 오늘을 살라고 말씀드리고 싶습니다. 오늘 하루를 충실하게 보내는 사람은 내일도 충실할 것이고 삶을 알차게 구성할 수 있습니다. 삶을 즐기며 살아가세요. 너무 아등바등하며 살아가기에는 생각보다 삶이 길지 않습니다. 여행 가서 돈 좀 쓰면 어떻고, 먹고 싶은 것도 좀 먹으면 어떻습니까. 행복하면 그만입니다. 좋은 기억들이 쌓여서 삶을 구성한다면 다른 계절이 왔을 때, 보다 행복한 기억으로 삶을 살아갈 수 있을 것입니다.

여름이 되면 빠질 수 없는 것이 있습니다. 바로 장마입니다. 장마는 보통 2주 정도 지속되는데 그 시기에는 습하기도 하면서 우울해지기도 하는 때입니다. 자연에도 장마가 있는데 사람의 마음에도 비가 올 날이 있겠죠. 추적추적 내리는 빗방울에 마음이 울적하지는 않으신지 묻고 싶습니다. 당신의 마음이 아프다면 여러 가지 해결책보다는 그저 묵묵히 손잡아주고 위로하며 공감해 주고 싶습니다. 행복해야 할 여름이지만, 장마 기간에는 그러지 못할 수도 있는 법이겠죠. 너무 많은 걱정과 너무 많은 생각에 아파할 당신에게 말해주고 싶습니다. 다 지나갈 겁니다.

시간이 지나면 힘들었던 과거도 기억도 모두 빗물

에 쓸려 내려가서 마음이 비워질 겁니다. 그때가 오면 이제 행복이 들어설 자리가 세워지게 된 것입니다. 그러니 조금만 참고 조금만 아파하기로 합시다. 무언가를 해내려고 하거나 아픔을 잊으려고 발버둥 치지 않아도 됩니다. 그저 당신에게는 시간이 필요한 것뿐이니까요. 그 시간들을 잘 보내고 나면 분명 맑은 하늘처럼 당신의 기분도 맑아질 때가 반드시 찾아올 것입니다. 자책을 하거나 자존감을 무너뜨리는 생각은 절대 금물입니다. 어떠한 경우라도 당신은 자신에게만큼은 관대해야 합니다. 나 자신을 사랑하지 못하는 사람은 남도 사랑할 수 없으며 자신을 학대하는 것만큼 잔인한 일은 없습니다. 그러니 마음에 장마가 찾아오더라도 개의치 마세요. 자연처럼 그럴 때가 있을 뿐입니다. 한 가지 확실한 것은 장마는 그 끝이 있다는 것입니다. 우울함에도 끝이 반드시 있습니다. 그때를 기다리며 마음을 너무 쓰지 않았으면 좋겠습니다.

여름이라는 계절은 사실 저에게 크게 반가운 계절은 아닙니다. 저는 몸에 열이 많기에 더운 것은 딱 질색이기 때문입니다. 그렇게 생각하던 와중에 문득 모 연예인이 티비에서 이런 말을 했습니다. "여름이니까

더운 거지 뭐 별 수 있냐" 그 말을 듣고 저는 생각했습니다. 너무나도 당연한 말이기도 하지만 사실은 잊고 있던 한 가지를요. 바로 받아들임의 미학입니다. 더운 것을 덥다고 생각하고 그저 받아들이면 되는 것이었습니다. 굳이 너무 덥다고 짜증을 내면서 부정하려 하면 열기에 더욱 더워질 뿐이지 절대 시원해지지는 않습니다. 덥다며 성만 부리면 눈앞의 아름다움을 놓치게 되는 자신을 발견합니다. 초록색으로 물든 예쁜 가로수길, 우거진 풀숲 사이에서 불어오는 선선한 바람, 맑은 하늘에 떠다니는 하트 모양 구름처럼 사랑하던 것들이 눈에 들어오지 않죠. 그러하기에 더욱 삶은 받아들여야 한다는 생각이 듭니다. 내가 받아들이지 않으면 나만 괴로울 뿐입니다.

내가 받아들이면 삶은 편안해집니다. 더운 것은 덥다고, 힘든 것은 힘들다고, 안되는 것은 안 되는 거라고 받아들이기가 영 힘들 때도 있지만 사실 언젠가는 받아들여야 하는 것들이죠. 너무도 당연한 이야기지만 여름이 지나면 가을이 오고 겨울이 온다는 사실을 부정할 수는 없습니다. 사람의 삶에도, 또 기분에도 계절이 있기 마련입니다. 싫은 감정을 애써 부정하려

하지 마세요. 들기 싫은 생각을 내보내려 노력하지 마세요. 그런 부분 하나하나가 당신을 구성하는 요소입니다. 그저 모든 것들을 받아들일 때 삶이 얼마나 아름다운지 깨닫습니다.

나와 다른 사람이 있다는 것을, 모두가 나를 좋아할 수는 없다는 사실을, 좋은 일만 할 수는 없다는 사실을 받아들이면 삶은 명쾌해지고 단순해집니다. 너무 많은 고민과 생각을 하기보다는 오늘 하루를 행복으로 받아들이고 내가 모든 것을 통제할 수 없음을 받아들인다면 삶은 보다 행복에 가까워질 수 있습니다. 애쓰지 마세요. 있는 그대로를 받아들이세요. 감정도, 당신의 인생도 받아들이는 연습은 꼭 필요합니다.

여름은 책을 읽기에도 참 좋은 계절입니다. 저는 유독 카페에서 커피를 한잔하며 독서하는 시간을 즐깁니다. 여느 때처럼 한 손에는 신간 에세이 책을 들고 카페를 방문합니다. 자주 방문하는 그 카페는 우드톤의 인테리어와 화이트 톤의 벽지를 조화하여 깔끔하면서도 모던한 느낌을 줍니다. 혼자만의 시간을 즐기기에 아주 최적인 셈이죠. 언제나 그랬듯이 콜드브루를 한잔 주문하고 자리에 앉습니다. 밖에는 해가 쨍쨍

하고 지나다니는 자동차들이 내뿜는 열기가 피부로 느껴지는 듯하지만 카페의 시원한 에어컨은 저에게 너와는 다른 일이라고 이야기를 해주는 듯합니다. 커피가 나오면 은은한 향을 먼저 맡고 마십니다.

그리고 새로 산 에세이 책을 펼치죠. 참 행복한 순간입니다. 그렇게 많은 돈을 투자하지 않아도 내가 나에게 주는 용돈만으로도 소소하면서도 깊은 행복을 누리는 순간입니다. 책을 읽다 보면 여러 가지 생각이 듭니다. '이번 원고에는 이 책과 같은 느낌을 참고하여 써볼까, 또는 이런 부분은 쓰면 안 되겠다'. 라며 분석을 하기도 합니다. 그러나 이내 생각을 접습니다. 일일이 평가하며 책을 읽는 것은 일을 하는 것이나 다름이 없기 때문입니다. 저는 오롯이 힐링을 위하여 카페에 와서 책을 읽고 있는 것뿐이니까요. 그렇게 책을 평가하지 않고 그저 작가의 마음과 하나가 될 때 책은 정말 마음에 와닿게 됩니다.

작가의 글을 글로 읽는 것이 아닌 대화하듯 마음으로 느끼게 되면 만난 적은 없지만 만나고 있는 듯한 느낌을 받게 됩니다. 그것이 책의 묘미가 아닐까 생각해봅니다. 사실 독서의 계절은 가을이라고 하지만 책을 가장 많이 읽는 계절은 겨울과 여름이라고 합니다.
왜 그런지 문득 생각해 보면 가을은 시원해서 나가서
놀기 좋아서 독서량이 적고 겨울과 여름은 실내 활동
이 늘어나는 계절이라서 그렇다는 생각이 듭니다. 저
또한 그랬던 것 같습니다. 카페에서 책을 읽는 것을
즐기는 저조차도 여름과 겨울에 책을 많이 읽었었다
는 생각이 듭니다. 그래서 저는 여름을 독서의 계절이
라고도 표현하고 싶습니다. 시원한 카페나 휴가지에
서 읽는 책 한 권이 나에게 힐링과 행복을 가져다줄
수 있다는 생각이 듭니다. 독서는 머릿속으로 이미지
를 구성해 낼 수 있기에 더욱 매력적인 요소가 아닐
까 생각해봅니다.

어쨌든 여름을 지낸다는 것은 어떻게 보면 단순한
의미 같습니다. 더운 것을 받아들이고 떠나고 싶은 곳
으로 떠날 수 있는 계절, 힐링을 위한 계절이라고 생
각합니다. 이 글을 쓰는 지금도 7월이지만 매년 계절
이 돌아올 때마다 이 책의 여름을 기억해 주었으면
좋겠습니다. 내려놓음과 행복을 통해 즐거움을 가져
갈 수 있는 계절이 여름일테니까요.

당신에게는 여름이 어떤 의미인지 묻고 싶습니다.

열정적인 계절이라고 이야기할 수도 있을 테고, 그저 더워서 짜증나는 계절이라고 말할 수도 있을 것입니다. 저처럼 사랑을 하기에도 좋은 계절이라고 말씀하실 수 있을 테고 시원한 냉면이 생각난다고 말씀하실 수도 있겠습니다. 어쨌든 여름을 그냥 덥기만한 짜증나는 계절로 생각하시지는 않았으면 좋겠습니다. 너무 덥다는 것 빼고는 사실 기쁨을 주는 많은 요소들이 있으니까요.

계절을 사랑한다는 것은 그런 의미인 것 같습니다. 1년에 3개월동안 그 모습을 뽐내는데 그 시기가 지나면 다시 1년을 기다려야 하기 때문에 모든 계절은 아름답다는 생각이 듭니다. 무엇 하나 빼놓을만한 계절이 없는 셈이죠. 이것은 비단 계절만이 그런 것이 아닙니다. 사람도 마찬가지입니다. 사람도 각기 다른 매력을 뽐내고 있습니다. 개개인이 가지고 있는 재능이나 매력이 다를 뿐이지 그것을 틀렸다고 표현하지는 않아야겠습니다.

그러니 혹시라도 당신에게 매력이 없다고 생각되신다면 그 생각을 고이 접어 여름의 하늘 위로 날려버리세요. 당신만의 매력을 자신이 모를 뿐이지 모두에게 숨겨진 매력은 언젠가 빛을 발하는 법입니다. 자신이 필요 없는 존재라고 생각하지 마세요.

아무것도 가진 것이 없다고 생각하지 마세요. 계절의 역할처럼 당신에게도 당신의 역할이 반드시 존재하고 있습니다. 모든 계절은 소중합니다. 당신 또한 그렇습니다. 언제나 자기 자신을 사랑해 주어야 합니다.

당신만의 재능으로 반짝거릴 별이 될 것입니다.
그때를 언제나 응원하겠습니다.
당신의 삶도, 행복도 함께 말입니다.

산책월

4일 | 치 키

너라는 열음을

산책하는 중이라서

너라는 열음을
산책하는 중이라서   *

'당신이 나의 열음이라서.'

"작가님은 어떤 작가이신가요?"

평소와 다름없는 일상을 보내던 24년의 초여름, 첫 책을 출간하게 되면서 나는 작가라는 새 이름을 가지게 되었고 그 순간부터 나는 "글을 그리고 그림을 끄적이는" 사람이 되었다.

처음에는 글로만 내 감정을 표현하려 했지만, 그것만으로는 부족했다. 그래서인지 글자로만 내 감정을 표현하기에는 다 담기지 못하는 듯싶어 그림을 그리기 시작하였다.

그렇게 나의 그림에는 글이라는 끄적임이 더해졌고, 나에게 있어 글과 그림은 하나의 매개체로 나에게 자리 잡았다. 그렇게 그림을 그리던 중 전시를 할 기회가 찾아왔다. 그 과정에서 나는 인사동 갤러리의 하루 일일 당번이라는 새로운 역할을 맡게 되었다.

그림을 전시하는 것도 엄청난 용기였는데 내 작품만이 아닌 다른 작가님들의 작품을 설명하고 소개하는 역할이라니 처음에는 당황스러웠지만, 안 해본 역할을 접해볼 수 있는 기회이기에 살짝 욕심이 났다. 이번 기회를 통해 다른 작가님들의 작품 세계를 알아가고 관람객들과 소통하며 성장할 수 있지 않을까 하는 생각에.

일일 갤러리 당번을 맡은 당일, 문을 열기 위해 열쇠를 직원에게 받아 전시장을 정리하고 작가님들의 작품을 크게 훑어보기 시작했다. 주로 손으로 직접 그린 원화 위주의 그림들이었고 신사임당이 떠오르게 하는 천 위에 붓으로 그려낸 나뭇잎 그림, 회전목마를 탄 소녀가 알고 보니 작가님의 엄마임을 표현한 그림, 상자 속의 고양이가 밖을 내다보는 것을 '심연'으로 표현한 작품, 버려진 유리 조각들을 모아서 다시 생기를 불어넣은 작품들.

그 외의 다양한 작품들을 둘러보고 작가님의 작품

설명을 읽어가며 한 사람의 세상을 알아갔고, 갤러리에 방문하신 손님들에게 그 세상들을 작품마다 앞에 서서 알려주고, 이 작품을 만든 작가님은 어떤 사람인지를 새겨드리며 나도 모르게 내 얼굴에 생기가 돌고 있었다. 그렇게 하루 동안 받은 방문객의 수가 무려 350명. 마칠 때가 돼서야 긴장이 풀렸는지 온몸에 힘이 빠지는 듯한 기분이었지만 동시에 희열을 느끼며 만족스럽게 하루를 마무리했다.

그리고 얼마 후, 서울의 갤러리와 창원의 국제 아트페어 전시 참가를 하게 되었고 지난번 인사동에서의 기억과 감정을 떠올리며 작품을 보러 와 주신 손님들에게 어느새 자신 있게 작품 설명을 하는 나를 발견했다. 그러다 문득, 작품을 설명하며 내 설명을 듣는 사람과 대화를 하는 것이 아니라 내가 이 사람과 '산책'을 하고 있다는 기분을 느꼈다.

산책이란 보통 걸어가고, 나아가며 마음을 편안하게 하기 위한 것이라고 인지하고 있었는데 이상하게도 한 분, 한 분에게 내가 아닌 다른 작가의 작품을 설명하면서 내 얘기에 귀 기울여 주는 손님과 나 또한 산책하고 있는 것 같다는 생각이 들게 되었다.

사람이 삶이고 삶이 사람이고, 사랑이라고 늘 얘기해 왔기에 사람이 사람을 산책하는 것 또한 내가 당신을 알아가는 중이고, 당신에게 나를 보여주는 중이라고도 느껴지면서.

바람에 흔들리는 나뭇잎, 사람들의 모습.

이 모든 것들이 나의 시선 속에 담기면서 주변을 돌아보는 것이 산책 그 자체이고 그게 나의 작품이, 나의 세상이 되어간다는 걸 알게 되었고 내가 당신에게 새로운 세상을 알려주는 것 또한 나와 당신이 이 순간만큼은 함께 그 세상을 산책하는 중이라고 새삼 깨달았다.

그러다 보니 스쳐 가며 놓쳤던 주변이 보이기 시작했다.

우리는 때때로 일상에 파묻혀 소중한 것들을 놓치곤 한다. 하지만 이렇게 우연히 만난 사람들을 통해 내가 모르던 세상을 알아가고, 내가 마주하는 상대방을 산책하며 나 또한 그 사람의 주변을 돌아보며 나 자신까지 다시 한번 돌아보는 계기가 되지 않을까 싶다.

그렇게 결국은,
당신을 산책하며 나의 내면이 단단해지고 성장해
가지 않을까.

이제 나는 작품을 통해 세상과 소통하며,
그 과정에서 나 자신을 발견하고 있다.

내가 만나는 모든 이들이 내 '열음'이 되어,
나 또한 그들의 '열매'를 맺어가고 있다.

당신이 이 글을 본다면 꼭 이렇게 말해주고 싶다,

당신이 나의 열음이라고.
당신이라는 열음을 산책하며
나 또한 나라는 열매를 맺어가는 중이라고.

산책월

5일 | 해쪼이

열음처럼 뜨겁게 사랑하고,

얼음처럼 차갑게 이별하라

- 내게 사랑은 늘 선생님이었다. -

열음처럼 뜨겁게 사랑하고,   *
얼음처럼 차갑게 이별하라

세상 모든 것은 돌고 돈다. 다시 말해 세상은 순환
하고 있다. 우리가 언제나 마주하는 계절도, 봄▶여
름▶가을▶겨울 다시 봄으로 순환하고 있으며, 생명
체와 자연물도 탄생▶성장▶번식▶소멸 다시 새로운
탄생의 모습으로 끊임없이 순환한다. 이번 여름, 특별
히 기획한 '너를 산책하는 중이라서' 프로젝트는 결
국 이렇게 반복되고, 순환되며 되풀이되는 각자가 걸
어온 삶을 담아내는 것이라는 생각이 들었다. 즉, 헤
겔이 말한 변증법의 정반합을 통해 계속해서 앞으로
나아가는, 그리고 살아가는 동안 반드시 마주하는 우
리들의 이야기를 담담히 풀어내는 시간이 아닐까 하
다. 대개 우리가 시작을 언급할 때, 일주일의 시작은
월요일, 계절의 시작은 봄으로 표현하는데, 우리가
'여름'을 첫 챕터로 선택한 이유는 바로 우리의 열정

이 지금의 이 여름에 빛나고 있기 때문이 아닐까라고 확신한다.

이 순환의 구조 속에서 사람이라면 삶을 살아가면서 으레 마주하는 상황 중 무슨 이야기를 하면 좋을지 고민이 되었다. 어떤 이야기를 좋아하며 공감할지, 고민한 끝에 사람들이 좋아하는 이야기는 사랑을 주제로 한 이야기라는 생각이 들었다. 또한, 뜨거운 여름에 걸맞은 주제라고 생각했다. 그 '사랑'이라는 고귀하고, 아름다운 주제를 순환과 결부 지어 나비의 생애에 빗대면 훨씬 풍성할 것 같다는 생각도 들었다. 인간이 누군가를 만나 사랑에 빠질 확률은 얼마나 될까? 지구에 사는 사람들이 80억 이상이라고 가정할 때, 어마어마한 확률일 것이다.

　우주인이 있다면 더 될까? 거기에 더해 내가 좋아
하는 그 사람이 나를 사랑할 확률은 얼마나 될까? 그
래서 사랑이 이루어지는 것을 '기적'이라고 부르는
것 같다.

　1. 알

　사랑이 싹트고, 연애를 시작하면 나는 연인에게 이
런 질문을 하곤 한다.

　- "인간은 왜 존재한다고 생각해?"

이런 철학적이고, 면접 같은 질문에 당황하며 생각해 본 적이 없다며 역으로 질문이 들어온다.

- "생각해 본 적 없어. 넌 왜 존재한다고 생각해?"

나의 대답은 항상 지금도 변함이 없다.

'인간은 사랑하기 위해 살고, 사랑받기 위해 산다고.'

인간이 경제 활동을 하는 것도, 좋아하는 취미 생활을 하는 것도, 사람을 만나 사교 활동을 하는 것도 모두 사랑하기 위해 살고, 사랑받기 위해 한다는 말이다. 돈을 벌어서 사랑하는 사람과 좋은 환경에서 사랑하기 위해서, 좋아하는 취미를 찾고, 이를 하는 것도 '나'를 사랑하기 위해서, 사교 활동을 하는 것 역시 사랑하기 위해서라고 생각한다. 여기에서 사랑은 연인 간의 사랑뿐만 아니라 '나'부터 시작해서 지구의 모든 생명체를 포함하여 무생물에 이르기까지의 사랑을 포함한다. 이 모든 사랑의 태동, 나비의 생애 중 첫 단계 알로 비유하며, 여기서는 연인 간의 사랑을 중점으로 이야기하려고 한다.

2. 애벌레

인간이 사랑에 빠지면 세상 모든 만물이 아름다워

보이는 것 같다. 마치 나와 그(녀)만이 세상의 주인공이고, 나머지는 배경에 지나지 않는 상태에 빠지게 된다. 보통 그 상태를 우리는 '콩깍지'라고, 표현한다. 심지어 내가 아니더라도 사랑에 빠진 사람을 보면 '좋아하는 사람이 생겼구나!', '좋아하는 사람과 잘 되어가는구나!'라는 것까지 느낄 수 있다. 재채기를 숨길 수 없듯, 사랑에 빠진 사람은 그 모습을 감추기가 어렵다. 본인도 모르는 사이에 밖으로 티가 나는 것이다.

인터넷에 떠도는 유명 이미지 중 인간이 느끼는 쾌락의 정도를 분류해 놓은 것이 있다. 도박이나 마약 같은 불법적인 쾌락을 제외하고, 좋아하는 사람과 교제에 성공한 순간이 가장 높은 쾌락을 준다고 한다. 여기서 쾌락을 수치화할 수 있는가? 어떠한 기준으로 저것을 만들었나? 는 논외로 하고, 사랑의 성공이 주는 기쁨이 이렇게나 크다는 것을 우리는 공감하고, 알고 있다. 설령, 연애를 시작하지 못하였더라도 짝사랑만으로도 기쁨을 느끼고 설렌다. 그만큼 사랑은 인간에게 마약과도 같은 호르몬을 분비하여 그의 노예로 만든다.

'내 마음이지만 마음대로 되지 않는다.' 이 말이 사

랑의 영역 안에서 우리의 발가벗겨진 모습이지 않을까 싶다. 분명 내 마음은 내 것인데 사랑에 빠지면 좀처럼 주체할 수 없는 상황에 이른다. 그 사람을 사랑해서는 안 되는데, 여기서 관계를 끝내야 하는데, 머리로는 아는데 마음처럼 움직여지지 않을 때가 있다. 끊어내지 못하는 관계는 언젠간 독으로 돌아온다.

특히, 첫사랑의 경우엔 더욱 그렇다. 경험은 살아가는 데 있어 큰 교훈과 발판이 된다. 경험을 통해 배우고, 다음에 같은 상황이 발생했을 때 우리는 안전한지, 위험한지 빠르게 판단하고 대처한다. 첫사랑이라는 단어가 주는 느낌은 설렘이지만, 처음이라는 단어가 보여주듯, 아직 미숙하거나 무지하고 서툴다. 마치 어린아이가 처음 걸음마를 배울 때처럼 말이다. 넘어지고, 깨지고, 아파하고, 다시 일어서는. 성체인 나비가 되기 위한 여정에 애벌레의 상태. 많이 먹고, 견디고 이겨내야만 나비가 되는 과정처럼 말이다. 나의 첫사랑을 떠올려봐도 철없고, 미숙하며, 미완성이었음을.

물론 사랑을 해봤다고 해서 반드시 다음 사랑을 완벽하게 할 수 있는 것도 아니다. 다만, 지난 사랑을 통해 배우는 것, 느끼는 점, 다음 사랑에서 주의해야겠

다는 다짐 같은 것들. 그래서 사랑은 늘 내게 선생님
이라고 말하는 것이다. 사랑은 같은 듯 다르고, 다른
듯 같은 형태를 보여준다.

3. 번데기

나도 그렇게 끊어내지 못한 사랑의 관계가 있었다.
맛있는 음식이지만 그 음식이 상했다면 먹었을 때 탈
이 나는 것처럼. 잘못된 사랑은 부메랑처럼 돌아와 나
에게 박힌다. 특히, 지극히 외로운 시절에 완벽한 이
상형을 마주한다면 오래된 전자기기처럼 고장 나버
린다. 그(녀)의 말은 우리만의 세계에서 새롭게 제정
된 법이며, 진리가 된다. 그 말 한마디에 오늘 나의 일
정을 아니, 나의 삶을 통째로 바꾸게 된다. 친하게 지
냈던 친구와도 멀어지고, 온전히 그 사람에게만 맞춘
다. 그럼에도 불구하고, 나는 행복하다. 그 사람만 있
다면 세상 모든 것을 다 포기해도 좋다고. 그것이 내
가 찾는 진정한 사랑이라고. 친구와 덜 만나고, 아니
없어도 괜찮다고. 하지만 그런 관계가 옳지 않은 관계
라는 걸 알아버렸을 때는 헤어 나올 수도, 헤어질 수
도 없는 상태가 된다.

'가스라이팅'

몇 해 전 매스컴에 자주 등장하면서 알려진 개념으로 타인의 심리나 상황을 교묘하게 조작해 자신을 의심하게 만듦으로써 타인에 대한 지배력을 강화하는 행위를 말한다. 사랑이라는 이름으로 자행되는 이 무자비하고, 몰입되는 관계는 건강하지 못하고, 자기 파괴적이다. 서서히 끓어오르는 물처럼 시나브로 스며들어, 피해자는 이런 상태를 자각하지 못한다. 예컨대 '사랑하니까 그러는 거야. 너는 사랑하는데 그것도 이해 못 해줘? 나를 사랑하면 이렇게 해줘야 해.'라는 말을 하는 사람이라면 의심해 봐야 한다. '사랑'이라는 숭고하고, 아름다운 단어를 입에 올리면서 가장 추악하고, 사악한 단어로 상대를 피폐하게 만든다. 마치 이렇게 하지 않으면 '넌 사랑할 자격이 없어, 날 사랑하지 않는 거야.'라고 말하는 것과 같다. 어떻게 잘 아느냐고? 이 또한 나의 경험이다. '가스라이팅'이라는 명칭을, 심리학을 공부하는 사람 외에는 잘 모르던 시절에 말이다. 나 또한 훗날 알았다. 아, 그것이 나에게 전부 해당하는 말이었다는 것을.

사랑을 할 때 행복하기만 하면 좋겠지만, 우리는 그

럴 수 없다는 것을 잘 안다. 사랑은 대부분 행복감, 안정감, 추진력, 용기 등 나의 삶을 든든하게 지탱해 주지만 사랑하기 전보다 더 불행한 경우도 있다. 남보다 더 못한 사이, 서로가 서로에게 상처만 주는 파괴적인 관계, 나를 깎아서 상대를 행복하게 하는 연애, 일방만 희생하는 갑의 사랑법. 이 같은 사랑은 행복의 가면을 쓴 무법자이다. 그리고 이때 가장 위험하게 드는 생각이 이것이다. '내 애인은 이것만 빼면 다 완벽한데.' 이 생각 때문에 쉽사리 헤어 나오지 못하는 것이다.

나는 왜 나를 깎아먹는 사랑을 그렇게 끊어내지 못했을까? 지금에서야 나의 이야기는 담담하게 말할 수 있지만 여러분의 이야기에 대해선 단호하게 말해야겠다. 이런 사랑을 평생 안고 갈 수 있는 사람이 아니라면 빠르게 끊어내야 한다. 자신의 자존감이 짓밟히고, 그 사람이 없다면 난 아무것도 아니라는 생각에까지 이르게 된다. 철저히 주변 지인들로부터 고립시키고, 그 사람을 빼면 아무도 남지 않는 만들어 상황을 더욱 급격히 악화시킨다. 당장은 힘들겠지만 반드시, 무조건 끊어내야 한다. 연인은 의지할 수 있는 관계여야 하지, 의존하는 관계여서는 안 된다. 의존하는 관계가 되는 순간, 끊어내는 것은 훨씬 어려워진다. 이럴 때 우리는 얼음처럼 차갑게 이별해야 한다. 세상 무엇보다도 본인이 가장 소중함을 알아야 한다.

나는 그것을 다시금 친구에게서 찾았다. 얼마나 내가 멋진 사람인지, 그 사람 없이도 꿋꿋하게 일어설 수 있다는 것을. 그렇게 나는 사랑을 통해서 다시 한번 인생을 배웠다. 나비의 생애 중 번데기처럼 단단해지는 시기를 겪어, 보다 나은 사람을 볼 수 있는 안목도 길렀다. 물론 앞으로의 사랑도 완벽하다고 하지는 않겠다. 또 그렇게 넘어지고, 일어나며, 배워 나갈 것이 분명함으로.

4. 나비

'전(前)에 한 사랑에서 한 가장 큰 실수는 다음 사랑에서 절대 하지 않는다.' 사랑을 통해서 배운 것 중에 내가 크게 와닿는 바는 이거였다. 전(前) 사랑을 돌이켜 봤을 때, 크고 작은 나의 실수들, 잘못들이 있겠지만 그중 가장 크다고 생각하는 건 절대 하지 않는다. 이별 통보를 문자로 했던 일, 주변 관계를 전부 끊은 일, 편하기만 한 연애는 사랑이 아니라는 것, 깊게 알지 못하고 만난 사랑은 알지 못했던 면이 드러나는 순간 더 이상 사랑하지 않을 수 있다는 점 등이 그것이다.

사랑에 있어 신중을 기해야 하지만 그렇다고 주저해서는 안 된다. 사랑 권장 주의자로서 사랑은 다양한 방법으로 쟁취하는 것이라고 생각한다. 한순간에 불타오르는 사랑도, 천천히 알아가 묻어가는 사랑도 있기 마련이다. 하지만 언젠가 누군가 용기를 내어 결단해야 하는 것은 마찬가지다. 맹수가 먹이를 낚아채듯 신중하지만, 순간에 온 힘을 다하여 표현하고 사로잡아야 한다.

나의 사랑들도 돌아보면 신중에 신중을 기했고, 마음을 전해야 할 때, 애매하지 않게 확실하게 전했다. 헤어진 사랑을 실패라고 말하진 않겠다. 왜냐하면 나는 그 사랑들로 인하여 지금의 사랑에 성공하고 있기 때문이다. 번데기처럼 단단했던 시간을 지나, 완벽하진 않지만, 완전한 성체 나비가 되어 함께 훨훨 나는 예쁜 사랑을 꿈꾸고 있다.

나는 사랑을 술에 비유하곤 한다. 사람들이 술을 찾는 이유는 여러 가지다. 사람들과 솔직한 대화를 하기 위해 또는 지금 힘듦을 한 잔의 술로 잊어보려고. 술의 성분은 사람의 기분을 들뜨게 하고, 흥분시키며, 과하면 무모한 용기마저도 생긴다. 그러나 과한 음주는 두통과 구토로 다음 날 지장을 준다. 그러곤 다짐한다. 다시는 술을 입에 대지 않겠다고.

사랑도 마찬가지다. 사랑은 사람을 들뜨게 하고, 흥분시키며 그 사람으로 인해 세상 못할 일은 없다며 용기를 얻는다. 그러나 뜨겁게 사랑한 후에 차가운 이별을 마주하면 세상 모든 이별 이야기가 내 이야기 같고, 다시는 이런 사랑하지 않을 것이라 다짐하지만 언제 그랬냐는 듯 나의 다짐은 바다 위의 모래성처럼 너무도 쉽게 무너지고, 사랑에 빠진다. 내 마음인데 여전히 내 마음대로 할 수 없는 영역으로 다시금 들어온다.

그러니 말하고 싶다. 지금이 마지막 사랑인 것처럼 뜨겁게 사랑하고, 잘못된 사랑이라고 판단되면 차갑게 이별하라고. 열매의 방언인 열음처럼 당신의 사랑이 뜨거운 여름에 열매 맺기를 바란다. 평생 사랑할 것처럼 사랑하라.

해(쪼이)카르트는 말했다.
'나는 사랑한다. 고로 나는 존재한다.'

챕터 2.

가을 하늘
아래,
우리

산책월

8일 | 산책자

등잔 밑을 서성이다

쌓여버린 낙엽

등잔 밑을 서성이다   *
쌓여버린 낙엽

산책을 하다 보면 모두가 세상을 똑같이 살아가는 것이 아니라는 것을 실감한다. 산책길을 걷는 사람들도 저마다의 산책법을 가지고 있다. 글도 마찬가지로 행위는 같을지 몰라도 행위를 하는 방식은 사람마다 다르다는 것을 느낀다. 그 다양성이 세상을 더욱 입체적이고 흥미롭게 만들어준다. 학교 밖의 공부는 이런 점에서 참 즐겁다.

나에게 세상을 어떻게 살아가고 있느냐 묻는다면 테크노 댄스를 추듯 살아가고 있다고 답하고 싶다. 춤에 일가견이 있는 것은 아니지만 그저 두리번거리며 살아가는 행태를 멀리서 보자면 테크노 댄스를 추는 것처럼 보이지 않을까 싶다.

산책길 위에서 두리번거리며 세상을 구경한다. 매일 보는 세상이지만 매일 볼거리가 넘쳐난다. 재밌기도 하지만 고개를 젓지 않고서는 똑바로 걷기 힘든 세상이다.

누군가 그랬다. 정보는 넘쳐나지만 정작 필요한 정보는 어딘가에 숨겨져 있는 법이라고. 그래서 두리번거리며 걸어가는 걸까. 그렇게 고개를 저으며 헤쳐가는 걸까. 가끔은 감지 못하는 눈이 피로하기도 하다. 무엇을 더 볼 것이 남았을까. 어둠 속에서 더 많은 것을 찾을 수 있을지도 모른다. 그럼에도 많은 표식과 소리는 자기를 바라보라는 외침을 멈추지 않는다. 가만 바라보고 있자면 그들이 원하는 것은 외치는 것일 뿐 어떠한 대답이 아니라는 생각이 든다.

이십 대 후반의 나이란 마치 연어 같다. 세차게 흐르는 물결을 굳이 마지막으로 거슬러 올라가 보고 싶은 마음이 든다. 물결은 날 위해 흘러주지 않는다는 것을 알면서도 마음은 물러서질 않는다. 그 사이에 선 정신만이 테크노 댄스를 출 뿐이다. 그 부단한 몸부림인지 혹은 소용없는 춤사위인지 모를 행태만이 영혼의 회귀를 위해 영원히 멈추지 않는다.

물살을 거슬러 오르려 튀어 오를 때 튀기는 것은 물방울이 아니라 비늘이다. 흘러가지 않으려 높이 튀어

올라봐도 결국 살점 조각은 떨어져 나가 물살에 흘러가 버린다. 그 비늘 조각을 놓치지 않으려 했다면 물살에 휩쓸려 비늘과 함께 떠밀려갔을 것이다. 떨어진 조각은 있어야 할 곳에 놓아주어야 한다. 영혼이 돌아가고자 하는 곳은 과거가 아닌 미래이기 때문이다.

우리는 미래를 알 수 없다고 하지만 정말 그럴까. 그렇게 용을 쓰며 살아가면서 어디를 그렇게 갈망하는지 알지 못하는 것이 정말 사실일까. 나 역시 명확히 설명할 수 없지만, 있어야 할 곳으로 가고 있다는 느낌은 지울 수가 없다. 다른 길을 가리키는 손가락에 걸음을 돌리지 않는 이유도, 나와는 다른 곳으로 향하는 이의 등을 두들겨 줄 수는 있어도 붙잡을 수 없는 이유도 그러하다. 필시 우리는 가야 할 길을 알고 있음이 분명하다.

그곳에 갈 수 없는 비늘조각은 한 번의 반동에 필히 떨쳐내야 한다. 안타까운 마음은 어쩔 수 없다지만 나는 강하게 확신한다. 떨어져 나간 것은 결국 다시 만나기 위함이라는 것을. 그러니 이러한 회귀는 멈출 수가 없다.

연어는 가을을 거슬러 겨울을 대비할 보금자리에

닿을 것이다. 겨울의 추위는 누구도 피할 수가 없으니 가을이 오면 생명들은 바빠지기 시작한다. 품속으로 스며드는 추위에 이내 쓸쓸함을 느낄 것이고, 하나둘씩 떨어지는 낙엽에 바스러지는 생애의 무력함도 깨달을 것이다. 그럼에도 가을은 풍성하게 먹을거리를 안겨주고, 세상은 더없이 알록달록 물들어가니 겨울을 버티어 봄을 맞이하겠다는 반복되는 계절의 약속에도 새끼손가락을 쉬이 걸지도 모른다. 나 역시도 어김없이 새끼손가락을 걸고 약속했지만 연어의 마음을 품었다.

계절이 바뀌는 시기가 오면 옆에 있는 사람과 마치 처음인 듯이 어떤 계절을 제일 좋아하는지에 대해 대화하곤 한다. 이미 알고 있어도 또 한 계절을 지나며 마음이 바뀌진 않았을까 싶기도 하고, 사람들마다 품는 계절의 의미가 모두 다르기 때문이다. 그 대화 속에서 잠시 그 사람의 계절에 머물러보곤 한다.

어떤 이는 계절 때문에 이민을 가고 싶다고 했다. 그 나라는 대개 날씨가 봄처럼 온화하여 자신에게 안정감을 준다고 했다. 또 어떤 이는 여름이나 겨울과 같이 사람을 힘들게 하는 계절은 싫다고 했다. 봄과 가을처럼 생활하기에 불편하지 않은 간절기의 날씨가 딱 좋다고 했다. 옷을 좋아하던 사람은 많은 옷을 껴입을 수 있는 겨울이 좋다고 했고, 낭만적인 것을 좋아하던 이는 여름이 좋다고 했다. 저마다 다른 계절에 대한 생각을 들으면서 사람은 자신의 삶과 닮은 계절을 선호하고 그것은 그들 안에 특정 계절과 동화되는 취향이나 기억이 존재한다는 사실을 보여준다. 어느 시점이 되어서도 산책을 멈출 수 없다면 나도 사계절이 없는 온화한 계절의 나라에 가서 살아야겠다는 생각이 들었다.

나는 여름을 좋아하고, 또 가을을 싫어한다. 그럼에도 가을이 내게 많은 영감을 주는 계절인 것은 사랑하는 이들이 꼽는 좋아하는 계절이 바로 가을이기 때문이다. 가을 속에서 행복해하는 그들은 여름의 나뭇잎 사이로 부서지는 햇살보다도 아름답다. 사랑의 순기능이 아닐까. 세상을 사랑할 수는 없어도 세상을 살아가는 당신을 사랑하면서 세상을 아름답게 바라볼 수 있다는 사실 말이다. 소중한 존재가 살아가는 세상을 감히 사랑하지 않고 아끼지 않을 수 있을까. 신이 존재한다면 그 지혜로움에 고개를 끄덕일 수밖에 없다.

하지만 아름다운 계절임에도 가을 특유의 바람 냄새가 느껴지면 불안함을 느끼기 시작한다. 가을은 독서의 계절이라 하지만 잠깐이라도 눈을 떼면 사라져 버릴 것 같은 다급한 계절이라 책에 집중할 수 없게 만든다. 이처럼 사랑하는 것들은 유한하기 때문에 안달 나게 만든다. 세상에 무한한 것은 없다지만 사랑을 하면 어째서 무한하기를 바라게 되는 걸까.

마음이 끝에 다다르면 그 끝에 그대가 서 있고, 저 너머를 갈망한다면 서로를 기어이 지나쳐 갈 것이다. 그때 깨달을 수밖에 없을 것이다. 우리는 유한하며 사랑만이 무한하다는 사실을 말이다. 그 진실을 이기적이라 말할 수 있을까. 그렇다면 이기적인 것은 인간적인 것이 분명하고 이기적인 자신에게 더 이상 죄책감 따위는 느끼지 않아도 될 것이다. 그러나 이기적임을 당연시하지 않고 부끄러워하는 것은 인간이 그렇게 본능적이고 이기적일 수 있다면 반대로 그렇지 않을 수도 있기 때문이다. 그것은 더 나아지려는 인간의 또 다른 본성일 것이다.

사랑하는 이가 유독 보고 싶은 밤에 서둘러 아침이

오기만을 기다렸다가 달려가지만 마주 보고 선 당신에게서 사랑하는 이를 볼 수 없다. 사랑은 어디에 있을까. 몇 번이나 눈을 깜박거리며 다시 봐도 당신에게는 사랑하는 이를 찾을 수 없다. 사랑은 어디에 있을까. 나는 사랑을 그리워했고 당신에게는 그 사랑이 없다면, 과연 사랑은 어디에 있을까.

사랑은 여전히 그대의 등잔 밑을 서성이고 있음을 발견한다. 손을 뻗으면 닿을 거리에서 보이지 않아도 말이다. 산책하듯 글을 적다 보면 자주 길을 잃는다. 그 길목에 언제나 알 수 없는 표정의 그대가 서 있다. 계속해서 도리질 치는 머리 위로 마른 낙엽이 흩날린다. 어느새 쌓여버린 낙엽은 발소리마저 숨겨주지 않는다. 이미 떨어진 낙엽 위를 왜 서성이냐 묻는다면 도무지 그대와의 미래를 그릴 수가 없지만 왜인지 떠나고 싶지는 않기 때문이다. 더욱이 걸음마다 바스락거리는 소리가 왠지 듣기 좋다.

마치 낙엽들이 서성거리기만 하는 내게 이미 떨어진 낙엽은 다시 가지에 매달리지 못한다고 외치는 것만 같다. 그 외침이 마치 쏟아지는 물살과 같아서 거스르고 싶은 것은 연어의 마음일 것이다.

얼마 전 카페에서 일을 하다가 옆자리에 앉은 여학생들의 대화를 들었다. 좋아하는 오빠와 사귈 것인가에 대해 진지한 토론을 하는 여학생들의 대화에 귀에 꽂았던 이어폰을 슬쩍 빼 내려두고 엿듣기 시작했다.

"그 오빠랑 안 사귈 거야?" / "사귀고는 싶은데, 또 금방 헤어질 것 같아서."

"헤어질 걸 생각하면 못 사귀지." / "그건 그런데..."

사뭇 진지한 여학생들이 귀여워서 웃으려다가 어쩌면 사랑을 두고서 진지하게 고민하는 모습이 나보다 낫다는 판단이 들어 건방진 웃음을 거두어들이고는 겸손하게 가방을 챙기기 시작했다. 집으로 돌아오는 길에 헤어질 것을 생각하면 시작하지 못한다는 학생의 말이 맴돌았다. 여학생들의 대화에서 데자뷔 같은 느낌을 받는 것은 나 역시도 언젠가 비슷한 대화를 나눈 기억이 떠올랐기 때문이다.

지금보다 한참 어렸을 때, 사회에서 만났던 선배가 고민 상담을 해주겠다며 다가왔던 적이 있다. 이런저런 대화를 나누다가 그 선배도 나에게 '관계에 있어 끝을 생각하고 시작하는 거야? 끝을 생각하면 시작하지 못하지.'라는 말을 했다. 그때도 마찬가지였지만 의심하지 않고 신뢰할 수 있는지, 헤어짐을 생각하지 않고 만날 수 있는지에 대한 근본적인 의문은 여전히 존재한다.

물론 적당한 선에서 바라보면 그 선배는 내가 가진 예민함을 발견하고 사람들과 편히 어울리기를 바라는 마음이었을 것이다. 그 마음이 감사해서 더 마음을 열고자 노력하게 되었지만 누구에게나 맞는 프리사이즈 같은 '적당함'이라는 단어를 제외하고 생각해 보자면 '헤어질 생각 하면 시작하지 못한다'는 답은 나에게는 맞는 답이 아니다.

끝을 보지 않고 시작한 관계는 서로에 대한 감사함을 당연시 여기기 쉽고, 상대가 영원히 나의 곁에 있을 거란 착각에 소중함 또한 어느새 작아져 버리고 만다. 상대의 유한함과 사랑의 무한함 사이에서 사랑하겠다고 고백하는 것은 이별까지 다짐해야 하는 것이다.

개인적으로 사랑의 시작보다도 아름다워야 하는 것은 이별이라 생각한다. 만약 사랑하는 사람에게 꽃을 건네야 한다면 그건 고백을 건넬 때가 아니라 이별을 고할 때일 것이다. 유종의 미가 중요한 이유이고, 그것은 상대에게도 그리고 자기 자신에게도 존중의 표현이다.

　나이가 들면서 시작 앞에 망설이게 되는 이유는 시작하지 못한 관계보다 끝내지 못하는 관계가 더욱 고통스럽다는 것을 알기 때문일 것이다. 시작하면서는 넘치는 마음을 쏟아야 하고, 헤어지면서는 모자란 마음을 채워야 한다. 그때 비로소 쏟는 것보다 채우는 것이 더 어렵다는 것을 깨닫고 만다. 그러니 우리는 서로의 존재의 이유를 그제야 바로 알게 되는 것이다.

　　　　　떨어진 낙엽은 이내 다음 봄이 오면
　　　　　다시 가지에 싹을 틔울 것이다.
　　　　　그러니 연어는 다시 만나기 위해
　　　　　부지런히 나아가야 하는 것이다.

　　　그곳에서 만날 사람이 누구인지는 모르겠지만
　　　사랑은 그곳에 머물러 있을 것이다.

...영혼의 회귀를 위해 영원히 멈추지 않는다.
영혼이 돌아가고자 하는 곳은 과거가 아닌 미래이기 때문이다.
...명확히 설명할 수 없지만 있어야 할 곳으로
가고 있다는 느낌은 지울 수가 없다.

sanchaek lighter, 정윤정.

산책월

9일 | 엉겅퀴

가을 하늘 아래

우리는 비로소...

가을 하늘 아래 우리는 비로소...   *

아직은 여름이 지속되는 2023년 가을의 시작이었다.

금요일, 퇴근하고 돌아온 남편의 안색이 좋지 않았다. 더위 탓이라고 생각한 나는 대수롭지 않게 여기고 차리던 저녁상에 집중했다. 남편은 직장 생활을 하지 않는다. 흔히 생각할 수 있는, 양복에 넥타이를 매고 에어컨이 가동되는 사무실에서 일하는 사람이 아닌 작은 가게를 운영하는 사장님이다. 더 정확히 말하자면 차량용품 관련 매장을 운영하는 사장님 겸 엔지니어로, 자영업자의 애환(哀歡)이 담긴 삶을 사는 사람이다.

15년 전 우리 부부는 가게를 꾸려 자영업을 시작했다. 결혼식은커녕, 대학 졸업장을 받기도 전에 남자친구와 가게를 차렸던 풋내기 경영 학도는 자식이 둘이나 되는 '애 엄마'가 되었고, 괄괄한 성격으로 치기 어린 젊은 날을 보내는 남자친구였던 남편은 어느새 주름이 제법 생긴 40대 중반의 가장이 되었다.

선무당이 사람 잡는다는 속담이 괜히 있을까? 돈무서운지 모르는 대학생이던 나는 사업하고 싶다던 남자친구에게 신용대출을 받아 당시 2천만원이라는 돈을 빌려줬고 그것이 현 매장의 자본금이 되었다. 남의 돈으로 시작한 자영업이었지만 잘 버텼다. 15년 동안 가정을 꾸리고 토끼 같은 자식을 둘이나 낳으며 남 부러울 것 없이 지내는 날의 연속이었다.

사업을 시작하고 처음 몇 년 동안은 자리 잡는데 꽤나 고생했지만 여태까지 한자리에서 꾸준하게 장사를 해왔던 터라 스스로에게 자부심이 큰 남편이었다. 15년이 넘는 시간 동안 온갖 고비를 잘 넘겨왔지만 최근 1-2년 사이, 그에게 매출 말고 또 다른 고민이 생겼다. 행정지침이 바뀌어 가게 앞 공간이 주・정차 금지 구역이 되었고, 그 여파로 손님 차량에 주기적으로 과태료가 부과되는 것이 그것이었다. 손님들 대부분은 10년 넘게 매장을 찾아 주시는 단골이었기에 고마운 그분들을 위해서라도 남편은 해결책을 마련해야만 했고, 결정한 것이 15년 만에 이루어진 '매장 이전(移

轉)'이었다. 평소 부동산에 눈이 밝던 나는 수개월 동안 마땅한 매장 자리를 물색했고 마침내 마음에 드는 곳을 얻어 가계약을 마친 것이 전날인 목요일이었다.

저녁상을 차려 TV 앞 테이블에 남편이 좋아하는 메뉴를 안주로 올렸다. 매일 똑같은 일상. 퇴근 후 소주 한 병을 곁들여 식사를 하는 그의 표정이 심상치 않다고 느낀 것은 한참 뒤였다.

아이들과 이른 저녁을 먼저 먹었던 나는 밀린 집안일을 하면서 매장 이전에 관하여 남편과 열띤 토론을 이어갔다. 다음날인 토요일 오전에 잔금을 치른 후 계약이 끝나면 곧바로 리뉴얼 공사를 해야 하는데 머리가 복잡했다. 유독 힘들어 보이는 남편의 얼굴도 그때 보였다. '아프니까 사장이다'라고 하지 않았던가. 그도 나와 같은 심정이어서 그렇겠거니. 그래서 표정이 안 좋겠거니 했다. 저녁상을 치우고 침실로 먼저 들어간 나는 금세 잠이 들었다.

얼마나 지났을까, 남편이 다급하게 부르는 소리에 별안간 눈을 떴다. 아주 잠깐 자고 일어난 것 같은 느낌에 시계를 보니 자정이 훌쩍 넘어 있었다. 거실에서 절박한 목소리가 들려왔다. 너무 아프니까 살려달라 애원하는 울부짖음. 아니 이게 무슨 소리인가 싶었다. 꿈인가 싶어 다시 한번 핸드폰을 확인하는데 꿈이 아니었다. 몸을 일으켜 거실로 나갔다. 남편은 소파에 옆으로 누워 웅크린 채 괴로워하고 있었다.

내가 가까이 다가가자 남편은 쥐고 있던 휴대폰 액정을 보여주며 말했다. '아침 되면 당장 여기부터 가자… 나 좀 살려주라 죽을 것 같다' 겨우 입을 떼고 말하는 그의 얼굴이 창백했다.

식은땀으로 상의가 다 젖어 있었다. 응급실에 연락하려는 나를 만류하는 남편이었다. 어차피 응급실에 가도 기다리는 것밖에 못 하니 아침까지 버티겠다며. 그는 그렇게 밤새 괴로워하며 울부짖었다. 나름 재주라고 여겨질 만큼 평소에는 매우 심한 고통도 잘 참는 사람이었다. 15년을 넘게 살면서 이렇게 아파한 적이 있을까? 없었다, 단 한 번도. 그렇게 우리 식구 모두 뜬 눈으로 새벽을 보냈다.

아침 7시가 다 되어 부동산 측에 계약이 오늘 당장 힘들 것 같다는 메시지를 넣었다. 남편의 상태는 최악이었다. 병원 오픈까지 기다리는 1시간 남짓이 길게만 느껴졌다. 초주검이 된 그를 부축하여 아침 8시를 넘기자마자 병원으로 향했고 남편은 긴급 수술에 들어갔다. 1박2일 입원이 확정됐다. 혼을 쏙 빼놓는 주말이 서서히 나에게 다가오고 있음을 알리는 신호였다.

혼란스러웠다. 이미 오픈 시간을 훌쩍 넘긴 매장, 집 안에 남겨진 아이들, 부동산 사장님이 남긴 수차례의 부재중 전화, 수술 후 지켜야 할 사항이 빼곡히 적힌 서류, 이 모든 것들이 머릿속에 무질서하게 늘어져 있었다.

죽을병은 아니었다. 하지만 의사는 남편이 앞으로도 이렇게 살면 죽는다고 했다. 암은 아니지만 장기(臟器)가 가장 고통스러운 단계에 있다고 했다. 죽을병은 아니지만 환자는 지금 죽을 만큼 고통스러운 상태이고 회복 후 일상생활을 어떻게 하느냐가 매우 중요하다는 신신당부가 이어졌다. 그리고, 나에게도 편두통이 찾아왔다. 왜 이런 일이 벌어진 걸까…

너무 끔찍한 기억이나 힘든 경험은 오히려 뇌가 기억을 자체 삭제한다는 과학적인 근거가 있듯이, 우리 부부에게 있어 그날의 1박2일은 떠올리면 인상부터 써지는 고통의 시간이었음에 틀림없다. 불과 1년도

채 되지 않은 일이지만 많은 부분을 잊어버렸고, 그렇기 때문에 세세히 적어놓은 1년 전 다이어리에 의존하여 글을 쓰고 있으니 말이다.

　퇴원하자마자 몸이 힘든 남편과 부동산에 가서 잔금을 치르고 계약을 끝냈다. 과업까지 마치고 집으로 돌아오자 그제서야 남편은 편안하게 휴식을 취했다. 그렇게 일요일 저녁이 흘렀다. 그리고 다음날인 월요일 아침, 그는 더 쉬지 못하고 언제나 그래왔듯이 장사를 위해 출근 준비를 했다.

　남편의 병명은 '교액성 4기 치핵'이었다. 끔찍한 치핵 4기 단계는 '차라리 날 죽여줘'라는 말이 나올 만큼 고통이 극에 달한 상태를 말한다. 전조(前兆)가 보이고 일상에 충분히 불편감이 있었을 텐데, 내색하지 않고 미련하게 참아낸 그였다. 설상가상으로 매일 소주 1병씩 그리고 와인 두 잔씩을 마시던 그였다.

　코로나 19시기 이후 자영업자인 남편에게 유일한 낙(樂)은 퇴근 후 마누라가 차려주는 저녁 밥상에 술잔을 기울이는 것이 전부였다.

　자신이 아픈 줄 모른 채 알코올에 의존하던 그는,

극한의 상황을 '굳이' 체험했다. 그리고 여기서 떠오르는 한 가지 반전이 있었다.

바로, 이번이 처음이 아니라는 것... 기억을 더듬어 보니 벌써 13년 전이었다. 가게를 오픈하고 2년이 되지 않았던 그때, 남의 돈을 끌어 시작한 사업에 남편은 심한 스트레스를 받고 있었고 나와의 미래도 불투명하던 때라 매일을 술로 보냈다. 그 당시에도 갑자기 아파서 입원하여 1박2일 병원 신세를 졌었는데, 진행 단계가 이번보다 미약했을뿐더러 30대였기에 해프닝으로 지나갔다.

아파도, 마음대로 아플 수 없는 자영업자, 남편은 그랬다. 젊고 건강할 때에는 몸 생각 덜 하고 지내도 괜찮다 하지만, 40대 중반이 되어서는 달랐다. 안 아프더라도 관리해야 하고 아프면 더 관리해야 하는 중년이 된 것이다. 수술 이후, 퇴근한 남편의 저녁 식사 상에는 술이 없었다. 당연히 그래야 했다. 심각한 알코올 의존증이던 남편은 본인 인생에 있어 두 번이나 발생한 질병에 대한 두려움으로, 의사의 사형선고 같은 지시로 금주(禁酒)를 실천해야만 했다. 건강하게 살려면.

며칠 뒤 실밥을 제거하러 갔을 때, 의사는 말했다. 앞으로 한 달 남은 추석 때까지 금주하면, 연휴 때에는 친인척들과 둘러앉아 소주 한 두 잔은 할 수 있을 것이라는. 그 말에 기쁜 희망을 가지며 남편은, 철저히 금주하며 생활패턴을 바꿔 살기 시작했다.

저녁상에 술이 사라지니 아이들이 대번에 알았다. 아빠와의 식사에서 늘 있던 소주병이 없는 것에 대해 신기해하는 아이들이었다. 밥만 먹으니 30분이면 식사가 끝나 저녁 시간이 여유로워졌다.

술을 먹지 않은 남편은 식사 후 집안일을 돕기 시작했다. 술을 마셨을 때에는 소파와 한 몸이 되어 늘어져 있거나 아이들이 놀아달라고 해도 누워서 TV나 핸드폰만 봤었는데, 정신이 멀쩡하니 뒷정리도 도와주고 쓰레기도 버려주고 거실에 놓여있는 빨랫감도 정리해 주는 그였다. 무한 감동에 젖어 들 수밖에 없는 나였다.

당연히 휴식 시간이 일찍 찾아오고 아이들이 잠들면 우리는 더 깊은 대화를 할 수 있었다. 이 모든 것들이 당연했던 사람에게는 대수롭지 않을 일상이지만 나에게는 특별했다. 15년 만에 처음 있는 일이었다.

매장 때문에 길게 여행을 못 다닌 지 10년이 넘었지만 자식이 둘이나 있는 우리는 일요일마다 가족 나들이를 하며 살았다. 하지만 근교를 나가든 멀리 나가든 남편은 일요일 낮부터 술을 마시던 사람이었기에 나로서는 외출이 편하지만은 않았다. 술을 마신 당사자는 어떨지 모르나 운전부터 아이들 챙김까지 혼자 뒤치다꺼리를 해야 하는 나로서는 불만이 많던 주말이었다. 하지만, 남편이 아픈 이후 모든 것이 180도 달라졌다.

5분만 걸어도 허리가 아프다며 인상을 쓰던 사람이 1시간 이상을 산책해도 힘들단 말이 없었다. 사진을 찍는 것도 싫어하고 찍히는 것도 싫어하는 사람이었지만 금주기간 동안에는 그런 부탁도 순순히 들어주었다. 술을 마시지 않으니 과도하게 들던 식대가 줄며 불필요한 소비가 사라졌다. 감성적인 성향의 남편은 술을 마시면 그 감성이 더 극에 달해 아침이 되면 후회하는 상황들이 많았었는데, 그런 것들이 일체 사라졌다.

이건 마치 뭐랄까… 15년 만에 다른 사람과 사는 기분 같았다. 물론, 유일한 술친구였던 남편이 술을 못

마시자 살짝 아쉬운 순간도 있었다. 비록 그는 내가 아플 때에도 술을 마시던 사람이었지만 나는 그와의 의리를 지키기 위해 함께 술을 마시지 않으며 회복의 시간을 기다렸다.

행복이 뭐 별거 있더냐. 정말 그 말이 딱 들어맞았던 시기였다. 평범한 것이 가장 힘들고 어렵다고 하던데, 나에게 있어 유독 더 그런 것처럼 느껴졌던 지난 15년을 보상받는 시간이었다. 귀가한 남편의 모습에서 그 어떠한 배려와 자상함을 느끼지 못하고 살았지만 참 아이러니하게도 그가 아픈 이후 내 앞에 열린 또 다른 세상은 그간의 마음고생을 싹 잊게 해주는 고마운 시간이었다.

추석 연휴를 열흘 정도 앞두고 우리 부부는 여행계획을 세웠다. 연애하던 시절까지 합치면 17년을 알고 살았는데, 신혼여행을 제외하고 여행은 늘 술김에 갑자기 했던 우리였다. 그렇기 때문에 남들은 저렴하게 가는 여행도 비싼 돈을 내고 갈 때가 많았다. 예약을 하지 않아서 아이들이 실망할 때가 많았고 굳이 안 해도 될 고생을 하기도 했다. 그렇게 여행을 다녔던 지라, 미리 계획을 세워 가족여행을 하자는 남편이 너무나도 고마웠다. 명품 가방보다도 더 값진 선물 같은 그의 제안이었다.

　사랑하는 남편과 머리를 맞대고 세운 가을 여행은 더할 나위 없이 황홀한 순간들이었다. 오래도록 꿈꿔온 일상, 이상향(理想鄕)으로 여기던 남편의 모습이 현실이 되며 결혼 15년 만에 처음으로 우리가 가족이 된 것에 감사함을 느끼는 날들이었다.

　가을 하늘 아래 우리의 모습을 보며, 비로소 그와 내가 가족이 된 것에 대해 신에게 처음으로 감사기도를 했다.

　비교적 이른 나이에 만났어도 절절하게 끓어오르는 사랑이었기에, 아무런 대책 없이 동거부터 시작하고 현실의 고단함을 함께 겪어온 우리였지만 서로를 보듬어 주기에는 부족한 것이 많았다.

　단 한 순간도 떨어져 있고 싶지 않아 같이 살기 시작했지만 극복해야 할 것들이 너무 많았고 우리는 서툴렀다.

　뜨거운 사랑만큼, 간절한 바람만큼 서로에게 기대하는 바가 컸기에 현실로 다가온 결혼생활은 힘들었다. 서로를 향하던 사랑의 말은 어느새 날카로운 갈고

리가 되어 서로의 단점을 끄집어내고 있었고 개선이
필요하다며 지적하기에 바빴다. 그런 와중에 두 아이
를 낳아 키웠고 더 돌아볼 새가 없었다. 더 잘해야 했
고, 더 잘 살아야만 했기에… 서로의 마음이 곪아가는
지 모르고 그는 아빠로서 나는 엄마로서 각자의 자리
에서 상대방의 희생을 더욱 강요하며 살았다.

  아무 일 없이 행복만 할 때에는 이러한 것을 보지
못한다.
  인간의 어리석음이 그렇다. 하지만 그럼에도 불구
하고 인생이 아름답다고 말할 수 있는 것은, 고통스러
운 와중에 감사함을 느끼고 성찰을 통해 행복은 충분
히 가까이 있다는 것을 깨달을 때이다. 인생의 찬란한
순간은 고통이 극한으로 치닫는 만큼 느끼는 법, 삶은
우리에게 그것을 가르쳐준다.
  삶의 동반자가 있다는 것은 또 다른 교훈을 준다.
  남들 보기에 아쉬울 것 없는 결혼생활과 순리대로
흘러가는 듯한 일상… 어쩌면 나의 배우자는 지금 이
순간에도 이것들을 지키기 위해 남모를 고통을 홀로
감내하고 있을지 모른다. 너무 늦기 전에 내 짝이 잠

시 누워 쉴 수 있도록 어깨를 내주어야 한다.

아직 살아갈 날이 더 많은 내가, 청춘이라면 청춘인 나이의 내가, 결코 짧지 않은 결혼생활을 하면서 힘주어 말할 수 있는 것이 딱 한 가지 있다. 시작은 서로만 바라보며 했을지라도 부부가 함께 인생을 잘 살아내기 위해서는, 더 이상 마주 앉아 있어서는 안 된다는 것이다.

부부가 잘 산다는 것은 서로만 바라보며
마주 앉아 있는 것이
아니라, 나란히 앉아 같은 방향을 바라보며 같은 꿈을
꾸며 사는 것을 의미한다.
힘들 때에는 서로의 어깨를 내어주면서 말이다.

가을 하늘 아래 우리는 그렇게 인생을 배웠고
비로소 진정한 부부로 거듭나고 있는 중이다.

산책월

10일 | 최 별

소소하게

커피 한 잔 어때요?

소소하게 커피 한 잔 어때요?   *

인연은 계절에 상관없이 다가온다.

오랫동안 만났던 사람과의 결별은 마음을 공허하게 합니다. 그런 날들을 잊고 살았다 싶다 가도 문득 차오르는 슬픔을 견뎌내기 힘든 날 또한 존재하는 법입니다. 오늘은 왠지 그런 날입니다. 사실 그리움은 시기와 관계없이 찾아오지만 가을이면 그 정도가 훨씬 커지는 것 같습니다. 떨어지는 낙엽만 보아도 소중한 사람이 사라지는 듯한 울적한 기분이 드는 것은 단순한 계절의 탓인지 아니면 정말로 그 사람을 그리워하는 것인지 헷갈릴 정도입니다.

일전에 진심을 다해 사랑했던 사람이 떠나갔던 때가 있었습니다. 그때는 왜 그렇게 매달렸던지 드라마에서 보던 찌질한 남자 주인공이 바로 저라는 생각이 듭니다. 어쩌면 그렇게 찌질 했다는 것은 열과 성을 다해 사랑했었다는 반증일 수도 있겠습니다.

정말로 사랑했기에 모든 것을 버리고, 그렇게 소중하게 생각하던 자존심도 버리고 붙잡으려 노력했으니까요. 떠나간 사람의 마음을 잡는 것만큼 어려운 일은 없다고 하던가요. 갖은 노력에도 불구하고 결국 그녀와는 함께할 수 없었습니다.

바꿀 수 없는 과거처럼 떠나간 마음 또한 잡을 수 없는 법인가 봅니다. 혼자 감내해야만 했습니다. 주변에 친구도, 도움받을 사람들도 없었기에 오직 책을 읽어가며 여자의 심리에 대해 알아내야만 했습니다.

왜 나를 떠났는지 도저히 이해할 수가 없었기 때문입니다. 남녀 심리에 대한 책을 30권쯤 읽었을 겁니다. 어느 정도 내용이 다 눈에 들어올 때쯤 문득 그런 생각이 들었습니다. 지나간 사람에게 매달리는 것만큼, 남은 흔적을 붙잡고 있는 것만큼 바보 같은 일도 없겠다는 생각 말입니다. 그런 힘든 시간 동안에는 업무에 집중도 하기도 힘들고 운전을 하면서도 눈물이 하염없이 흘렀었죠.

하지만 더는 이렇게 살아서는 안 되겠다는 생각이 들었습니다. 떠나간 이는 저를 생각하는지는 모르겠으나 어쨌든 자신만의 삶을 잘 살아가고 있을 것 같았기에 저도 이제 마음속의 그녀를 보내주어야겠다는 생각이 들었습니다.

그 이후로는 거의 운동을 달고 살았던 것 같습니다. 매일 아침에 일어나면 쇠 질을 하기 위해 헬스장으로 향했고 저녁에는 부정적인 생각이 사라졌으면 하는 마음에 복싱장에서 열심히 샌드백을 두드렸습니다. 그 결과 15kg을 감량하게 된 것은 얻게 된 것 중에 하나라는 생각이 듭니다.

그렇게 2년이 흘렀습니다. 어느덧 계절은 두 번 바뀌었고 그때 당시에 이별했던 가을로 돌아왔습니다. 이제는 기억 속에 남아 있을 뿐이지만 사실 잊는다는 것은 불가능한 것 같습니다. 그저 마음속에 작은 방을 하나 마련하여 그곳에 넣어두고 자물쇠를 걸어 둔다는 표현이 더 맞는 것 같습니다. 잊는 것보다는 가끔씩 꺼내 볼 수 있도록 넣어두는 게 삶을 무너지지 않게 지탱해 주었기 때문입니다.

오늘도 저녁에 샌드백을 열심히 두드립니다. 잊기 위해서 쳤던 때는 이제 먼 예전의 일이지만 헤어진 날이 다가오면 문득 그때가 떠오릅니다. 그래서 평소보다 더 열심히 운동했죠. 오늘이 빨리 지나가기를, 또 나의 삶에도 행복이 다가오기를 바라는 마음으로요.

사실 그때는 이해하지 못했지만 지금은 헤어진 사람을 그리워하는 시간조차 낭비라는 생각이 듭니다. 지나간 사람은 빠르게 잊고 내 삶을 다시 찾는데 시간을 몰아 써도 하루가 짧기 때문입니다. 그렇게 슬퍼했던 시간들을 돌이켜보면 나 자신이 꼿꼿이 서지 않았기 때문에, 내가 나를 사랑하지 않고 상대방에게 사랑을 갈구했기 때문에 오늘도 눈물을 흘리고 있는 것이었습니다.

건강한 연애라는 것은 나의 가치관이 곧게 서 있는 상태에서 상대방에게 좋은 영향력을 행사하고 나의 부족함을 채워가며 만나는 과정이 되었어야 하는데 저는 그렇지 못했죠.

그저 외롭기 때문에, 내가 무엇을 해야 할지 모르는 상태에서 상대방과 만났었기에 모든 시간이 그 사람에게 맞춰져 있었고 모든 생각이 상대방으로 꽉 차 있었습니다. 이런 연애는 흔히 집착을 유발하는 법입니다. 내가 쏟은 시간만큼 상대방도 나에게 시간을 할애하기를 원하고 해준 만큼 서운함 또한 많이 느끼게 되죠. 그러한 사실을 그때 당시에도 머리로는 알고 있었지만 행동은 그렇지 못했었습니다. 그런 부분들이 행복한 연애가 아닌, 부담이 되고 관리해야만 하는 시간으로 바뀌었던 것이죠.

그때의 경험을 토대로 이제는 나 자신을 먼저 사랑해야 됨을 압니다. 내가 나를 사랑해 주지 않고 상대방만 바라보는 사랑은 결국 그 끝이 좋지 않습니다. 언제나 나 자신이 우선시되어야 합니다. 나를 먼저 사랑해야 남도 사랑할 수 있습니다.

그러니 항상 자신을 사랑해 주세요. 가장 믿고 의지할 수 있는 사람은 자기 자신입니다.

사랑이 오면 이별이 오고 이별이 오면 다시 사랑이 찾아온다고 하던가요. 저 또한 이별 후 사랑이라는 공식을 믿고 싶어지는 날이 다가오더군요. 단순히 외로워서가 아니라 이제는 나 자신을 사랑하는 사람이 되었기에 남도 사랑할 준비가 되었던 것입니다.

그래서 그해 가을에는 소개팅을 정말 많이 했습니다. 회사 동료들과 대학교 동창들에게도 열심히 소개받으며 연애를 위한 물밑 작업을 진행했지만 아쉽게도 성과는 없었습니다. 왠지 모르게 저를 부담스러워하는 듯한 느낌을 받았습니다. 지금 생각해 보면 연애를 하기 위해 누구보다 열심히 저를 어필하는 모습이 오히려 역효과를 내었다는 생각이 듭니다. 그때 당시에 부자연스럽던 저를 기억합니다. 잘 보이기 위해 애쓰고 능력 있어 보이려고 발버둥 쳤던 여유가 없는 자신을 말입니다. 어쨌든 그 후로는 소개팅이나 부자연스러운 만남은 거리를 두었습니다. 그러고는 저의 삶에 충실했죠. 사랑하는 가족에게 충실하고 운동과 시간을 소중히 하며 살아갔습니다. 연애는 저와 먼 이야기가 되었죠.

그렇게 또 한 해를 보낸 어느 가을날이었습니다. 저는 바다를 사랑했기에 혼자서 렌터카를 빌려 인천 을왕리 해수욕장을 찾았습니다. 가을 바다는 여름 바다처럼 사람이 북적거리지도 않고 잠시 쉬고 싶은 분들이 찾아오시는 경우가 많은 듯했습니다. 저 또한 그러했기에 모래사장을 맨발로 거닐며 여러 생각에 잠겼습니다. 인생의 목표를 재정립해야 되지는 않을까, 내 삶의 끝은 어디일까 와 같은 누구나 한 번쯤 해볼 법한 생각을 하고 있을 때 뒤에서 누가 저를 툭툭 쳤습니다. 문득 뒤를 돌아보니 낯이 익은 어떤 여자였습니다. 누구였는지 생각하던 찰나에 그녀가 먼저 제 이름을 부르며 얘기했습니다.

"오랜만이에요. 잘 지냈어요?"

저는 그때서야 기억이 났습니다. 대학교 동아리에서 기타를 가르치던 때가 있었는데 그때 당시에 저의 수업을 들었던 후배였습니다. 어떻게 왔냐고 묻자 그냥 바람 좀 쐬러 나왔다고 합니다. 저는 그 순간 문득 그녀의 얼굴에서 어두운 낯빛을 보았습니다. 오랜만에 만난 사람에게는 털어놓을 수 없는, 그러면서도 누군가가 알아주길 바라는 그런 복잡미묘한 감정을 그녀에게서 느꼈습니다.

4년 만에 본 그 친구에게 반가움과 함께 힘이 되어주고 싶었습니다. 딱히 무슨 감정이 생겨서 그런 것은 아니었습니다. 우리는 그렇게 가을이 주는 선선함을 스치며 모래사장을 걸었습니다. 딱히 서로 여기에 왜 왔냐며 묻지는 않았습니다. 그저 지난 시간 동안 어떻게 살아왔는지, 대학교 동기들과 연락은 하는지, 그런 시시콜콜한 것들로부터 이야기를 나누었을 뿐입니다.

삶이란 참 신기한 것 같습니다. 다시는 만나지 않을 것 같던 인연이 이렇게 다시 만나기도 하고 평생 함께할 것 같던 인연이 어느 순간 이별이라는 이름으로 헤어지게 되는 것이 사람 관계는 굉장히 어렵다는 생각이 듭니다. 인생에는 영원한 이별도, 만남도 없다는 사실을 문득 깨닫습니다. 우리는 모래사장을 지나 바다의 한가운데에 저물어가는 노을을 바라봅니다. 후배는 그런 말을 합니다.

"저 노을이 인생의 황혼기라면 우리는 지금 어디쯤 와 있는 걸까요?"

저는 대답했습니다.

"우리는 아침 해와 다름이 없지. 이제 막 하루를 시작하기 위해 고개를 빼꼼 내밀었을 거야. 나이가 어려서가 아니라 우리 둘 다 새로운 시작을 위해 이 바다를 찾았잖아. 삶은 거기서부터야. 내가 마음을 정리하고 새 삶을 살겠다고 생각하면 인생은 바로 거기서부터 시작인 거야."

왜 그런 말을 했는지 모르겠습니다. 그저 안정된 상태에서 나온 말이었습니다. 어쩌면 가슴이 시키는 말을 한다는 것이 이런 것인지도 모릅니다. 무언가를 깨닫고 이야기를 하는 경우가 보통이지만 이 경우는 말을 하고나서 깨닫는 경우였습니다.

'아, 새 삶을 살겠다고 생각하면 인생은 거기서부터 시작이구나.'라는 것을요. 그녀와 이야기를 나누다 보니 새삼 편하다는 생각이 들었습니다. 더 많은 이야기를 나누고 싶었지만 혼자서 사색에 잠기고자 놀러 온 사람을 제가 붙잡아 두면 안 되겠다는 생각이 들었습니다. 그래서 이제 가보겠다고 이야기를 하려고 하던 찰나에 후배가 물었습니다.

"소소하게 커피 한 잔 어때요?"

우리는 바다가 한눈에 보이는 커피숍에서 이야기를 나누었습니다. 이상한 점은 바로 앞에 아름다운 바다가 있는데도 우리는 서로의 얼굴을 보며 이야기하기에 바빴다는 것입니다. 좋은 풍경과 좋은 먹거리는 그저 병풍일 뿐이었죠. 그렇게 이야기 꽃을 피우며 얘기를 하다 보니 어느덧 시간은 저녁 9시를 가리키고 있었습니다. 3년만에 느낀 기분이었지만 정말 아쉽다는 기분이 들었습니다. 시간이 이렇게 빨리 갈 수 있다는 사실도 함께 깨우치면서 말입니다. 이 시간이 끝나지 않았으면 좋겠습니다.

꼭 연인이 아니더라도 이렇게 함께 시간을 보내고 있다는 것만으로도 그녀는 저에게 행복을 주고 있었습니다. 그녀도 그렇게 느낄지는 알 수 없는 사실이었으나 어쨌든 저와 시간을 보내주고 있다는 것에 감사함을 느꼈고 또 즐거운 시간을 보낸 것에 만족스럽게 생각하고 있었습니다. 그때 아마 커피 한잔하자고 저에게 이야기를 꺼내지 않았더라면 바다에서 그냥 헤어졌을 겁니다. 그녀의 고마운 말 한마디가 우리의 행복한 시간을 이끌어내 주었죠.

말은 그렇습니다. 용기 내어 건넨 한마디가 두 사람의 인생을 바꾸었을지도 모릅니다. 확대해석일 수도 있으나 조그마한 행동이 불씨가 되어 큰 장작불을 일으킬지도 모르는 일입니다.

할까 말까 할 때는 하라고 이야기하고 싶고, 고민이 될 때는 자신을 믿으라고 얘기해주고 싶습니다. 속마음을 드러내지 않고 감추려 한 저보다 자신에게 솔직하고 지금 이 순간을 소중히 여기는 그녀의 마음이 우리를 행복한 시간으로 이끌어주었으니까요.

우리가 앞으로도 함께할 수 있을까요? 글쎄요.

함께하는 것에 의의를 두는 것보다는 함께 행복한 시간을 보낸다는 것에 의의를 두는 것이 더 맞다는 생각이 듭니다.

그렇게 되었으면 좋겠습니다. 그녀와 좋은 시간을 앞으로도 보냈으면 좋겠습니다. 만남이 기다려지고 만나서도 시간이 빠르게 흘러가는 그때의 경험을 조금 더 느낄 수 있었으면 좋겠습니다.

바라기만 하면 뭐하겠습니까.
머리 쓰지 말고 그냥 얘기해 보려고 합니다.

"주말에 소소하게 커피 한잔 어때?"

산책월

11일 | 치 키

가을은 글쓰기의

계절이라서

가을은 글쓰기의 계절이라서 *

어느 날, 나는 새하얀 종이 앞에 앉아 있었다.

그 종이는 마치 나에게 무언가를 써달라고 간청하는 듯한 표정을 짓고 있었다. 하지만 나는 그 순간 어떤 두려움에 사로잡혔다.

이 순백의 페이지를 어떻게 채워 나갈지, 어떤 색깔로 독자들에게 선보일지 고민이 밀려왔기 때문이었다. 막상 글을 써 내려가기 시작하면, 그 두려움은 점차 흐릿해지고 어느새 제 색깔이 입혀진 페이지가 완성되어 가긴 하지만 이 두려움은 항상 글쓰기를 시작하기 전에 나를 찾아오고는 한다.

나에게 있어 글쓰기를 시작할 때의 두려움은 아무것도 없는 새하얀 눈밭 같은 여백으로 가득할 때 시작되기에 마치 높은 절벽 끝에 서 있는 기분과 비슷하다. 발을 내딛기 전까지는 무섭고 두렵지만, 한 번

뛰어내리면 그 순간의 자유로움과 해방감이 찾아오는 번지점프처럼 내게 첫 문장을 적는 순간은 나에게 그러한 두려움을 이겨내는 쾌감을 준다.

두려움을 이겨내고 글을 쓰기 시작하면, 그 순간의 즐거움과 성취감은 어떤 것과도 비교할 수 없어지기 때문이다.

가을은 독서의 계절이라는 말도 있는데 책 읽기에 도저히 집중이 되지 않는다는 친구의 말에 문득 이런 생각이 들었다. 독서의 계절이니 글쓰기의 계절도 되지 않을까, 하고.

그렇다면 자유롭게 글을 쓰기 위해 필요한 환경이나 조건은 어떤 것이 있을까? 생각해 보았다.

일단, 나에게는 집중력이 가장 중요하다.

보통은 혼자 피아노 음악을 들으며 집중하는 편이지만 시끄러운 소음 속에서도 한 글자로 시작해 종이에 써 내려가면 그 순간에 나만의 세상을 펼쳐 나갈 수 있다.

사실 집중하는 데 있어 큰 환경 조건은 따로 없다. 어떤 상황에서도 글을 쓸 수 있는 능력이 중요하다고 생각한다. 중요한 것은 마음가짐과 끈기다.

내가 글쓰기를 시작할 때 자주 겪는 마음의 장벽은 '내 글이 독자들에게 어떻게 다가갈까?' 하는 고민이다. 나 혼자만의 끄적임이 아닌, 독자들이 공감할 수 있는 글을 쓰려면 어떻게 다듬어야 할지 항상 고민하게 된다. 글로써 독자에게 공감을 일으키는 방법에 대해 끊임없이 생각하게 되는 것이다.

독자에게 내 글이 온전히 가 닿으려면, 적어도 글쓰기의 기본인 맞춤법과 교정에 충실하고 기승전결의 틀은 벗어나지 않아야 하지 않아야 한다는 것은 내 '글쓰기'에 대한 변하지 않을 큰 틀로 자리 잡고 있다. 또한 감정을 담아서 쓰지만 감정을 내뱉는 것이 아니라 차곡차곡 정리해 나감을 보여주어야 한다고도 생각한다.

마인드셋이라는 말을 나는 좋아한다.

마인드셋에는 고정 마인드셋과 성장 마인드셋이 있는데 고정 마인드셋은 개인이 갖고 있는 지능, 자질이 태어나면서 갖고 있는 그대로 변하지 않고 인생도 그에 따라 결정된다고 믿는 것이고 성장 마인드셋은 자질과 지능을 타고날 수는 있지만 노력을 통해서 인생을 바꿀 수 있다는 믿음이라고 한다.

그러면 글쓰기에 대한 긍정적인 마인드셋은 어떻게 만들 수 있을까? 라는 생각이 들었다. 최근 뇌과학에 관심을 가지게 돼서 입문하게 되었는데, 뇌는 말과 생각에 의해 지배된다고 한다.

긍정적인 생각과 말이 뇌에 긍정적인 명령을 내리는 것처럼 글쓰기 또한 마찬가지라고 생각한다. 글쓰기를 '일'이 아닌 '즐거움'으로 여긴다면, 긍정적인 마인드셋이 자연스럽게 형성되지 않을까?

글을 잘 쓰기보다는 꾸준히 하루 한 문장씩 나만의 글을 쓰는 것에 집중한다면, 어느새 그 한 문장들이 모여 나의 '글'이 될 것이라고 생각한다. 글쓰기가 즐거워야 하고, 자신만의 방법을 찾는다면 긍정적인 마인드셋은 자연스럽게 형성될 것이니까.

누군가 나에게 글쓰기는 어떤 의미냐고 묻는다면 나는 "좋은 아침이에요"라고 인사하는 것과 같다고 말할 것 같다.

아침에 눈을 뜨면 누군가에게 인사를 건네며 하루를 시작하듯 인사는 긍정적인 마음으로 하는 행위라고 생각한다. 나에게 글쓰기는 인사이자 즐거움이다.

글을 쓰고 싶은 이유도 마찬가지다. 인사는 혼자서

할 수 없기에 누군가와 함께해야 가능하다. 나는 글을 쓰면서 설레이기 시작한다. 내 글을 읽어주는 '누군가'와 오늘도 '인사'를 나누고, 마음을 나누고 싶기 때문이다.

결국, 나에게 있어 글은 '대화'이고 '소통'이니까.

이렇게 글쓰기는 나에게 두려움과 동시에 즐거움을 선사한다.

글을 통해 누군가와 소통하고, 긍정적인 마음으로 하루를 시작하는 것, 그것이 바로 내가 글을 쓰는 이유이다.

글쓰기는 단순한 행위가 아니라, 나의 감정과 생각을 표현하는 도구이자, 나 자신을 발견하는 과정이다. 그리고 그 과정 속에서 나는 매일 새로운 나를 만나고, 성장해 나간다.

이렇듯 글쓰기는 나에게 있어 삶의 일부이자, 나의 삶을 완성해 가는 과정이 되어간다.

언젠가 짧게 줌으로 강의를 했을 때 이런 이야기를 한 적이 있었다. 내가 하는 모든 것은 내가 행복하기 위해 하는 것이라고, 일상에서의 다양한 경험이 많을수록 글감과 글의 견문을 늘어날 수밖에 없다고. 글쓰기를 통해 나는 내 목소리를 듣고, 그 목소리를 글로 표현하며 나 자신과의 대화를 이어가기 시작한다.

이 과정에서 나는 스스로를 더욱 깊이 이해하게 되고, 나의 감정과 생각을 정리할 수 있다. 글쓰기는 나에게 있어 명상과도 같다. '내가 틀릴 수도 있습니다'라는 명상책처럼 글을 쓰는 시간만큼은 온전히 나 자신에게 집중할 수 있고, 그 순간만큼은 외부의 소음이나 걱정에서 벗어나 나만의 세계에 몰입할 수 있으니까.

그래서일까, 글쓰기는 나에게 치유의 도구가 된다. 내면의 상처나 아픔을 글로 표현함으로써 나는 그것들을 마주하고, 받아들이고, 치유할 수 있다.

글쓰기는 나에게 있어 감정의 해방구이자, 나를 알리기 위한 수단이고, 누군가와 대화할 수 있는 소통 창구이다. 글쓰기의 두려움과 즐거움의 관계를 생각해 보자면, 서로 떼려야 뗄 수 없는 관계이지 않을까. 두려움이 없다면 즐거움도 없을 것이고, 즐거움이 없다면 두려움도 없을 것이다. 이 두 감정이 공존하기에 나는 글쓰기를 통해 더 깊이 있는 경험을 할 수 있고, 그 경험을 통해 나는 더 나은 글을 쓸 수 있다. 그렇게 어느 순간부터 글쓰기는 나에게 있어 두려움과 즐거움이 공존하는 특별한 과정이고 일상이 되었다.

이 글을 읽는 분들에게 말씀드리고 싶다.

인사는 혼자서 할 수 없기에,

누군가와 함께여야만 가능한 것처럼

내 글을 읽어주는 당신과 오늘도 나는 인사를,

마음을 나누고 싶다고.

산책월

12일 | 해쬬이

취미에 미취다

- 취미는 나를 충전한다 -

취미에 미취다 ✳

"자기소개 부탁드립니다."

모임이나 공식 석상에서 갑자기 이런 요청을 받으면 우리는 당황하거나 곤란해합니다. 그렇지만 우리는 늘 해오던, 짜인 공식대로 말합니다. 이름, 나이, 사는 곳, 가족 관계, 직업 그리고 요즘엔 MBTI까지 통상의 호구조사(?)라고 부르는 것들을 열거합니다.

자기를 소개하는 방식은 다양하겠지만 막상 듣는 사람 입장에서는 이름도 기억하기 어려운 게 사실인 것 같습니다. 그래서 기왕 자기소개를 한다면 기억에 남는 소개면 어떨까 싶습니다. 물론 아무도 나를 몰랐으면 하고, 조용히 그림자처럼 눈에 띄지 않게 지나가고 싶으신 분들도 계시겠지만요.

누군가와 빠르게 친해지는 방법은 공통점 찾기라고 생각합니다. 훨씬 가깝게 친해지는 방법은 남을 헐뜯는 뒷담화겠지만 이는 이미 신뢰가 형성된 경우에 가능하고, 옳지 못한 친밀감 형성입니다. 이를 제외하면 우리는 관심사가 일치할 때, 빠르게 친해질 수 있습니다. 어색한 분위기를 깨는 것도, 자연스레 대화를 이어가는 것도 공동의 관심사를 주제로 한 대화입니다.

나와 비슷하다는 생각에 세워놓은 장벽을 나도 모르는 사이에 허물기 때문입니다. 그러므로 임팩트 있는 자기소개와 공통점 찾기를 일거양득할 수 있는 방법은 '취미'를 잘 소개하는 것이라고 생각합니다.

취미가 일치하거나 내가 그 취미에 관심이 있다면, 해보고 싶었던 취미라면 먼저 말을 걸고 싶어집니다. 어떻게 시작하게 되었는지, 얼마나 하셨는지, 비용은 얼마나 드는지, 이 취미의 장단점에 대해 질문하고 싶어집니다. 그리고 취미가 반드시 잘하는 것일 필요는 없다고 생각합니다. 장르가 정해진 것도 아닙니다. 또 거창할 필요도 없습니다. 그저 내가 좋아하는 것, 혼자 해도, 함께해도 즐거운 것. 그것만으로도 취미는 의미가 있습니다.

격한 운동을 좋아하는 사람은 각종 스포츠가 취미가 될 수 있고, 음악 감상을 좋아하는 사람은 콘서트에 가거나 음악 감상실을 빌려서 듣기도 합니다. 또, 운전을 좋아하는 사람은 드라이브가, 예쁜 하늘 보는 것을 좋아하는 사람은 멍하니 하늘을 바라보는 것이 취미가 될 수도 있습니다.

"뭐해?"

"벽 봐. 벽보고, 누워있어."

심지어 눕기가 취미라고 말하는 제 친구도 있습니다.

공감하시는 분들도 계실 것이고, 저게 취미가 돼? 라고 생각하는 분도 계실 것입니다. 네, 이런 것마저도 내가 즐겁고, 좋아하고, 꾸준히 하고 싶어 하는 마음이 든다면 취미라고 이야기할 수 있습니다. 심지어 자주 바뀐다고 하여도 그 기간 동안은 취미라고 할 수 있습니다. 해보고 적성에 맞지 않거나 생각했던 것과 다르게 재미가 없을 수도 있습니다. 또 재밌었다가 흥미가 떨어질 수도 있습니다. 그렇다고 해서 취미가 아닌 것은 아니니까요. 삶을 살아가면서 저는 취미가 가져다주는 이점이 많아 모두가 다양하고, 많은 취미를 가지셨으면 좋겠습니다.

'열음처럼 뜨겁게 사랑하고, 얼음처럼 차갑게 이별하라.'에서 제가 '사랑'을 권장했다면 이번 '취미에 미취다.'에서는 나만의 '취미'를 가져보라고 권유하고 싶습니다. 그래서 제가 가진 취미들을 소개하며 취미가 어떤 장점이 있는지 같이 이야기해 보면 좋을 것 같았습니다. 취미는 위에서 언급한 것처럼 많은 사람들에게 자기를 각인시키기에 좋습니다. 또한 같은 취미를 공유하는 사람들 사이에선 친밀감도 형성됩니다. 나라는 사람이 누구인지, 나는 무엇을 좋아하는지, 이야기하며 서로를 나누고, 서로의 영역에 침범하는 것도 그 사람을 그리고 세상을 알아가는 재미라고 생각합니다. 제 경우엔 일만 하거나 아무것도 안 하는 사람보단 바쁘게 무언가를 하는 사람을 좋아합니다. 아마도 제가 그런 사람이기 때문에 그런 것 같습니다.

연애할 때도 공유할 게 많다면 특히 취미가 같다면 함께할 수 있는 시간이 자연스레 증가합니다. 설령 취미가 달라도 좋습니다. 난 한 번도 해본 적 없는 캠핑을, 불멍을, 그 모닥불에서 구워 먹는 마시멜로의 재미를 알았으니까요. 나의 취미 지도를 넓혀주었으니까요.

취미가 멋있어서 그 사람이 다르게 보인 경우도 있었습니다. 이렇듯 취미는 사람들 사이를 깊고, 끈끈하게 이어주어 서로를 가깝게 해줍니다. 또한 취미는 삶의 원동력입니다. 먹고 살기 위해서 일을 하지만, 사실 일을 즐거워하는 사람은 그다지 많지 않습니다. "나 일주일 내내 일만 했어." 이 말을 듣고, 긍정의 반응을 보이기란 쉽지 않습니다. 대부분 놀라면서 "헐? 어떻게 그랬어. 힘들었겠다."라고 위로하기 바쁠 겁니다.

그럴 때 우리에게 휴식처가 될 '취미'가 있다면 스트레스가 줄어들 것입니다. 저는 10년이 넘는 기간 동안 배우고 싶었던 운동이 있었습니다. 텔레비전에서 나달의 경기를 본 이후로 그 잔상이 머릿속을 떠나질 않았습니다. 네트를 두고, 상대가 내 공을 치지 못하게 또는 실수를 유발하여 포인트를 따내는 모습이 경이롭기까지 했습니다. 네, 그 운동은 테니스입니다. 테니스는 근래에 들어와 주목을 받는 운동 종목이긴 하지만 비용이 많이 드는 이유로 접하기 어려운 운동이었습니다. 저 또한 그런 현실적인 측면에서 망설였습니다. 성인이 되고, 하고 싶은 일을 지금 하지 못하면 영영 하지 못할 수도, 기회가 없을 수도 있다는 점을 깨닫고, 바로 시작하였습니다.

그 결단이 지금에서 참 잘한 결정이었고, 이 취미는

제 삶의 원동력이 되었습니다. 사랑하는 사람과의 데이트를 기다리는 설렘을 안고, 테니스 약속이 있는 날을 손꼽아 기다립니다.

취미의 또 다른 장점은 에너지 충전입니다.

지금, 이 순간에도 전 취미 활동을 하고 있습니다. 바로 글쓰기입니다. 글쓰기를 하면서 제 생각들을 가다듬고, 정리하면서 제 인생관, 가치관을 세워가며 에너지를 얻습니다. 많은 분과 글로 소통하다 보면 간혹 '머릿속이 복잡할 때 어떻게 하느냐?'고 여쭙는 분들이 계십니다. 그럴 때 저는 가장 힘든 게 무엇인지, 그게 어떻게 되어 가고 있는지, 그리고 내가 할 수 있는 일이 무엇인지 노트에 적어보라고 합니다.

복잡했던 생각들을 글로 적어 보면 상황은 명확해집니다. 문제의 원인 파악, 진행 과정, 그리고 해결 방안을 구체화해 보는 것입니다. 막연했던 현재 상황이 내가 할 수 있는 영역으로 들어옵니다.

글쓰기를 통해 저는 삶의 에너지를 얻습니다. 글이라는 매개체로 사람들과 나누고, 이야기하며 내가 살아있음을 느끼고, 이를 통해 재충전이 되기 때문입니다. 글쓰기로 예를 들었지만, 자신이 좋아하는 취미

활동을 하시는 분이라면 무슨 말을 하는지 쉽게 이해할 수 있을 것입니다.

간혹 취미로 시작한 일에 재능을 발견하고, 이를 업으로 삼는 사람도 있습니다. 이보다 복 받은 사람이 있을까요?

좋아하는 일, 관심 있는 일이었는데, 그걸 하면서 돈까지 벌다니 저라면 정말 행복할 것 같습니다. 제 친구는 회사에 다니다가 취미로 도자기와 가죽 공예를 시작했습니다. 그녀는 사람들과 어우러져 일하는 것을 어려워했습니다. 여러 고민을 하던 와중에 회사 상황도 안 좋아져 퇴사를 결심했습니다.

퇴사 후 그녀는 집에서 이 취미를 살려, 컵도 만들고, 지갑, 여권 케이스, 휴대폰 케이스를 제작하여 판매하였습니다. 좋아하는 일을 하며, 많은 돈은 아니지만 그녀는 행복하고, 즐겁다고 했습니다. 이와 같이 내가 좋아하는 취미가 내 일이 될 수도 있습니다. 가슴 한구석엔 저도 그럴 수 있으면 좋겠다고 생각했습니다.

제 또 다른 취미는 관람입니다. 스포츠, 콘서트, 영화, 전시 등 현장감을 느끼며 관람하는 것을 좋아합니다. 스포츠 경기를 보면서 응원하는 팀이 이길 때 함께 희열을 느끼고, 좋아하는 가수의 콘서트를 보며 경이로움을 느낍니다. 영화나 미술관 전시 관람은 말할 것도 없습니다. 제가 가진 관람이라는 취미는 제게 풍성한 감정을 제공합니다. 제가 직접 수행하는 것은 아니지만 간접적으로 제게 희로애락 애오욕의 7가지 무지갯빛 감정을 전달해 줍니다.

경기장 안에서, 콘서트장에서, 세트장에서 같이 뛰고, 싸우며 승리할 땐 기쁨과 흥분을 패배할 땐 슬픔과 좌절을 그리고 감동과 욕구를 해소해 주기도 합니다. 취미는 이렇게 다양한 감정을 느끼게 해주는 장점이 있습니다.

부끄럽지만 소개할 마지막 제 취미는 긍정 전파입니다.

제 인생의 롤모델은 유재석 님과 노홍철 님입니다. 유재석 님은 진행 능력도 탁월하시지만, 그보다 제가 닮고 싶은 모습은 그의 경청과 놀라운 기억력입니다. 스포트라이트 이면에서 힘쓰는 스태프들의 이름을 알고, 그들의 스토리를 기억하는 모습을 보고, 유재석 님의 세심함과 사려 깊음을 닮고 싶었습니다. 그리고 어떠한 물음이나 대답에도 능숙한 진행으로 상대를 편안하게 해주는 걸 보고, 이게 진짜 대화를 잘하는 사람이라는 것을 느꼈습니다.

노홍철 님은 유재석 님과 다르게 차분하지도 안정적인 진행 능력을 갖추고 있지는 않습니다. 그러나 노홍철 님은 확실한 자기 철학이 있습니다. 항상 주창하시는 "여러분, 하고 싶은 거 하세요." 이 말이 전 얼마나 좋은지 그리고 힘이 되는지 모릅니다.

우리는 모두 유한할 것처럼 살지만 사실 인생은 아주 짧고, 그 끝은 누구도 알 수 없습니다. 따라서 지금 당장 하고 싶은 걸 하셨으면 좋겠습니다. 현실을 내팽개칠 수 없다는 것도 알지만 우리의 소중한 삶이 행복했으면 좋겠습니다.

이때 필요한 것은 자기 확신인 것 같습니다. 노홍철 님은 항상 그렇게 말하고 다닙니다. '난 럭키가이! 럭키는 노홍철을 떠나지 않아.' 이것이 그를 럭키가이로 만든 비밀이지 않을까요? 어떠한 상황도 긍정적으로 바라보는 태도가 행운을, 행복을 부르는 것입니다. 별거 아닌 것 같지만 저는 말의 힘을 믿습니다.

두 분의 삶의 방식을 토대로 제 취미인 긍정을 전파

하고 싶습니다. 사람을 대하는 태도는 유재석 님을 닮고 싶고, 삶을 대하는 태도는 노홍철 님을 닮고 싶습니다. 제 글을 읽어주시는 그리고 저를 아시고, 소통하시는 모든 분께 해를 쪼이는 해쪼이로 긍정을 전파하고 싶습니다. 언제든 힘든 분들은 제게 다가와 함께 나누시기를 소망합니다.

'너를 산책하는 중이라서' Chater2. 가을 하늘 아래, 우리 편에서 저는, 취미 이야기를 하고 싶었습니다.

가을은 독서의 계절이라고 하지만 사실은 모든 취미의 계절이라고 말하고 싶습니다. 선선한 날씨만큼이나 자신이 좋아하는 무언가를 하기에 가장 좋은 시기라고 생각합니다.

여러분들의 취미가 무엇인지 궁금합니다.
산책, 독서, 여행, 낮잠 무엇이든 좋습니다.
이 계절에 여러분들이 취미에 미취기를 바라며
취미 부자인 저는 또 어떤 취미를 장착하게 될지,
제 인생의 충전 어댑터를 더 많이 구축하겠습니다.

그대 나와 취미에 미취지 않겠나?

챕터 3.

차가운 온기,
겨울이
쌓이다

산책월

15일 | 산책자

지켜주지 못한

약속은 눈사람 되고

지켜주지 못한 약속은 *
눈사람 되고

담벼락 위 누군가 만들어 둔 눈사람을 빤히 쳐다보다가 '내일도 볼 수 있으려나.' 생각하며 돌아선다. 뒤통수에 어쩐지 시선이 따라붙는 듯한 기분이 들었다. 괜히 무거워진 마음에 어깨 위에 쌓인 눈을 탁탁 털며 집으로 돌아가는 길목 한편에 아무도 건들지 않은 깨끗한 눈이 쌓여있는 걸 발견하곤 주머니 속에 숨어 추위를 피하던 따듯한 손으로 오랜만에 눈사람을 만들어 볼까 말까 망설이며 바라보다가 이내 포기했다.

언제부터였을까. 눈이 쌓여도 눈사람을 만들지 않았다. 눈을 가지고 놀고 싶은 마음보다 치워야 할 부담이 크게 다가왔고 녹아 사라질 눈과 노느라 시간을 보내는 것이 부질없게 느껴지기 시작했기 때문이다. 아마도 나이가 들면서 사람들의 시선을 신경 쓰게 되었기 때문일 수도 있다. 어렸을 때는 눈이 내리면 으레 눈사람을 만들고 싶어 뛰쳐나가곤 했음에도 불구하고 말이다. 어린 시절에는 안 그래도 재밌는 세상에 눈까지 내리면 온 세상이 놀이터가 된 것만 같았다. 그렇게 쓸데없는 장인 정신으로 버린 장갑만 해도 수십 켤레는 되었을 것이다. 확실치 않지만 결국 눈은 녹아버린다는 진실을 받아들였을 때부터 더 이상 매년 장갑을 살 필요가 없어졌다.

눈이 온다는 소식이 반가우면 아직 어린 것이고, 달갑지 않다면 나이가 들어가는 것이라고 했다. 어느 정도는 맞는 이야기일지도 모른다는 생각이 들었다. 놀이터를 지나쳐가며 눈을 가지고 노는 즐거운 아이들의 모습 뒤로 열심히 눈을 빗자루질하시는 아저씨의 노동은 꽤나 힘들어 보였다. 몸이 커 갈수록 어른의 눈높이에서 세상을 바라보게 된다. 작을 때는 보이지 않던 것이 어느새 두 눈에 가득 들어온다. 눈을 눈만으로 바라볼 수 있었던 어린 시절에는 어른들은 왜 눈을 바라보지 않고 말할까 궁금해했지만 지금은 눈만 바라볼 수 없는 이유를 이해한다.

어렸을 때 친구들과 만든 눈사람을 집에 들고 온 기억이 난다. 한겨울 어느 날 눈밭을 구르며 더없이 막

역한 친구가 된 동글동글한 눈사람은 가짜 눈, 코, 입을 달고서 애달프게 쳐다봤고 동심이 살아있던 아이는 그 친구를 지켜야 한다는 의무감에 도취되어 버렸다. 부모님은 만화 영화의 주인공인 줄 아는 아이를 보며 난처한 표정을 지으셨지만 결국 사려 깊게도 냉동실 한편에 눈사람 친구의 자리를 마련해 주셨다. 그날 밤엔 두 다리를 뻗고 깊게 잠들었고 다음 날부터 다음 해 여름까지 눈사람 친구는 냉동실에 감금된 채로 잊혔다.

무더운 여름이 되어 냉동실 청소를 하시는 어머니 옆에서 아이스크림을 먹으며 눈사람 친구가 싱크대 하수구를 통해 배출되는 모습을 빤히 쳐다봤다. 그새 더 성장했던 걸까. 분명 살아서 쳐다보고 말을 걸고, 마음을 나누었던 것이 얼음덩어리가 되어 흔적도 없이 사라지는 과정을 보며 마치 눈사람 같은 아이스크림을 맛있게 해치웠다. 어린 나는 체온을 녹여서 빚은 눈사람을 지켜내고 싶은 맹랑한 마음을 품었을 것이다. 어쩌면 눈사람이 녹지 않게 냉동실에 넣어 보관하는 것이 눈사람을 지켜주는 것이라 생각했던 것이다. 결국 여름이 되어서 눈사람이 그저 얼음일 뿐이라고 눈으로 확인하고 나서 허무한 감정에 크게 실망하고 말았지만 말이다.

　그 과정이 꼭 인간관계와 닮았다. 계절처럼 어느 시점에 머물렀다 가는 사람들이 있다. 그들과 어떤 약속을 주고받았던지 결국 계절이 지나면 우리는 서로를 지나쳐간다. 어린 날에는 붙잡고만 싶었다. 지나쳐야 하는 인연이 상처가 될 만큼 아쉽고 서럽고 슬펐었나 보다. 억지로 냉동실에 보관한 눈사람처럼 곁에 남겨둔 채 까맣게 잊어버릴 거면서 말이다.

　함께하자던 우리의 약속을 지키지 않은 나도, 그 약속을 지켜주지 않았던 당신도 또 어느 계절에 용서해버렸는지 기억도 나지 않지만 이제는 지루하기만 한 길고 긴 삶, 한 계절을 함께 지내 준 이들에 대한 감사함과 아주 작게 해주지 못한 미련만이 마음 한편에 남았을 뿐이다.

　소복하게 쌓여있는 눈 위로 손을 가져다 대면 손 모양 그대로 눈이 녹아 자국이 남는다. 차가워 새빨개진 손바닥만큼 스스로 얼마나 따듯한 체온을 가진 사람인지 깨닫게 된다. 눈은 차갑지만 따듯한 성질을 담고 있는 것이 분명했다. 그러니 눈이 내리는 날이면 세상이 왠지 몰라도 따듯하게 보인다. 눈사람을 지금 다시 빚는다면 또다시 마음을 담아 만들 것이 분명했다. 그 눈사람은 나만 아는 누군가의 형상을 따라 빚어질 것이고 그 형상이 녹아 사라지는 모습을 보면 실망할 것이 뻔했다.

기다리는 사람이 없다고 말한다면 거짓말일 것이다. 그 어떤 누군가는 오지 않을 거란걸 알면서도 기다리게 되는 사람이 있다. 추운 겨울을 지나갈 수 있도록 추억하는 그대와의 약속은 눈처럼 소복하게 내리고 또 눈처럼 녹아 사라진다. 기다림은 눈이 올 때까지만 하기로 한다. 우리의 약속은 여전히 순수하니 하얀 눈이라 생각하기로 한다. 약속은 잊히지 않고 매년 기다리게 되지만 봄이 오면 사르르 녹아 사라지는 것이다. 겨울은 기다림의 계절이다. 눈이 녹기를, 봄이 오기를 기다리니 말이다.

요새는 사랑하는 것과 함께하는 것의 차이를 찾아내려 애를 쓰고 있다. 함께하지 않는다고 해서 사랑하지 않는 것은 아니고, 함께한다고 해서 사랑하는 것은 또 아니다. 물론 사랑해서 함께할 수 있고, 함께하면서 사랑하게 될 수도 있다. 그럼에도 사랑하지만 함께할 수 없는 인연보다는 사랑하지 않아도 함께할 수 있는 인연에 마음이 더 기우는 것은 아마도 더 이상 눈사람을 만들지 않는 이유와 같을지 모른다. 몇 번의 계절을 반복할수록 점점 더 스스로를 사랑하는 법을 배우게 되니 말이다. 함께한다는 것은 서로를 강렬하게 사랑하는 것이 아니라 스스로를 사랑하며 자아를 실현해 가는 서로의 모습을 곁에서 바라봐 주고 순수하게 좋아하고 응원해 주는 것이 아닐까.

　세상은 이리 많은 것을 한데 묶어 놓는다. 그렇게 많은 것이 뒤엉켜 무언가가 된다. 그것은 세상이라 불릴 수밖에 없을 것이지만 모두 제각각일 것이다. 꽃을 한 송이를 사러 꽃집에 간다고 해도 꽃집 안의 수십 가지 꽃을 보고서 자신이 어떤 꽃을 원하는지 알지 못해 우왕좌왕하게 되니 말이다. 꽃을 좋아한다는 말이 모든 꽃을 좋아한다는 말은 아닐 것이다. 책을 좋아한다는 말이 글을 좋아한다는 뜻이 아닌 것처럼 말이다. 어떤 이는 장미를 보고 웃고, 어떤 이는 채송화를 보고 웃을 것이다. 또 어떤 이는 책이라는 물성 자체를 좋아하고, 어떤 이는 책 안에 적힌 글을 좋아할 것이다.

148

모든 것을 분명하게 말할 필요는 없다. 거짓도 분명히 고백할 수 있으니 말이다. 그러나 중요한 것은 함께하기 위해서는 상대가 내가 없음에도 행복한 모습을 보고 함께 행복함을 느낄 수 있느냐의 문제다.

상대의 기쁨이 내게도 기쁨이 되고, 상대의 슬픔이 내게도 슬픔이 되는지와 혹여 상대의 기쁨에 박탈감을 느끼진 않는지, 슬픔에 성취감을 느끼진 않는지가 중요하다. 이는 상대를 위한 최소한의 예의이기도 하지만 결국 나를 지키기 위함이기도 하다. 강렬하게 끌리는 것만이 사랑은 아니다. 오히려 나를 해친다면 그것이 사랑이라 한대도 함께하지 않는 것이 나을 것이다. 냉동실 속의 눈사람이 되지 않기 위해서 말이다.

사랑은 마주 보는 거울이 되어주어야 한다. 그 거울은 언제나 투명하게 볼 수 없는 것을 비춰야 한다. 그러니 자신의 있는 그대로의 모습을 사랑하지 못하면서 상대를 사랑하는 것은 불가능하다. 사람이 할 수 있는 최대의 사랑이란 상대를 자신과 같이 여기는 마음일 텐데 자신을 사랑하지 않고서 어찌 상대를 올바르게 아껴줄 수 있을까.

예전에 오래 함께한 한 친구가 있었는데, 내가 그리

는 미래에는 항상 그 친구가 있었다. 때때로 잘 지내는지 안부를 챙기고, 좋은 일이 생기면 연락하고 또 진심으로 축하해 주고, 견딜 수 없이 슬픈 날에는 함께 걷자고 부탁하고 또 들어주고, 서로의 생일을 기억하고, 언젠가 책이 나온다면 선물하겠다고 약속하고, 나이가 들면서 마주해야만 하는 이별과 실패의 순간마다 그 곁을 지켜야 한다고 마음먹고, 가족에게도 털어놓지 못하는 비밀을 넌지시 고백하고 또 들어주고 그렇게 삶을 함께할 것이라 믿어 의심치 않았었다.

그때는 그 모든 것이 아무것도 아닌 것처럼 느껴졌지만 돌아보니 타인에게 품은 정말 큰 마음이었다는 생각이 든다. 그럴 수 있었던 이유는 그 친구를 나처럼 사랑했기 때문이었을 것이다. 그 친구의 웃는 모습에 순수하게 함께 기뻐했고, 또 힘들어 우는 모습을 보고 집에 돌아와 밤새 울기도 했다. 하지만 이제는 함께하지 않으며 미래에서 그 친구의 모습도 찾아볼 수 없다. 우리는 서로에게 잘못한 것이 없다. 여전히 그 친구가 행복했으면 하는 마음은 유효하며 앞으로도 달라지지 않을 것이다. 다만, 어느 날에 그 친구는 나에게 우는 이유를 물었고 친구는 싱크대 위 눈사람처럼 녹아 사라졌다. 당연히 오래도록 슬펐지만 아이스크림처럼 달콤한 순간이었다. 그 순간에 스스로 사랑하는 법을 하나 더 깨우쳤으니 말이다.

아직도 거리에는 제각각 다양한 모습을 한 많은 눈사람들이 존재한다. 지켜주지 못한 약속도 소복하게 쌓여 있다. 집에 들어서기 전에 다시 한번 신발에 묻는 눈을 탁탁 털어낸다. 지켜주지 못한 약속도 사실 상관없었다. 문을 열자 따듯한 공기가 가득하고, 언제나처럼 마중 나와주는, 곁을 지켜주는 가족들이 있으니 말이다.

우리의 겨울은 끝이 아니며, 겨울은 봄을 기다리는 계절일 뿐이다. 언제나처럼 계절은 늦는 법이 없고 눈사람을 들고 집에 들어선 어린 날의 나처럼 약속을 지키려 겨울을 보내지 못하느니 곁을 지키기 위해 봄을 맞이할 것이다.

어쩌면 겨울이 지나 사라져 버린 눈사람도
봄으로 갔으리라.
꼭 그랬으리라 믿으며 말이다.

눈은 차갑지만 따뜻한 성질을 담고 있는 것이 분명했다.
그러니 눈이 내리는 날이면 세상이 왠지 몰라도 따뜻하게 보인다.
눈사람을 지금 다시 빚는다면
또다시 마음을 담아 만들 것이 분명했다.

sanchaeklighter, 정윤정

산책월

16일 | 엉겅퀴

막연한 망상을 통해

알게 된 차가운 세상

막연한 망상을 통해   *
알게 된 차가운 세상

 엄동설한에 맨발로 걷는 것만큼이나 춥고, 시린 경
험이 있다.

 비행기 사고로 툰드라 지대에 체류 된 열대 동물을
상상해 보라. 절망 그 자체다. 우리는 살면서 그러한
경험을 몇 번 마주한다. 나는 누구인지 여기가 어딘
지, 아무 생각 없이 편안하게 일상을 할 때에는 흥얼
거리며 따라 불렀던 노래 가사말이 심각하게 들려오
기 시작하는 그런 경험. '어, 이게 아닌데, 이 길이 아
닌 것 같은데'라는 생각이 들면서도 '조금만 더, 조금
만 더 버티고 답을 찾아보자'라며 되뇌이기도 할 것
이다.
 시간을 되돌리고 싶어도 그럴 수 없는 것을 안다.
지금도 무척이나 최악의 상황이지만 여기서 더 정신

을 차리지 않으면 죽을 수도 있다는 두려움과 동시에 솟구치는 생존본능… 그러면서도 머릿속 한 켠에 떠오르는 작은 희망. '이렇게 노력하다 보면 조금이나마 편해지지 않을까…' 그렇게, 한걸음 한걸음, 힘겹게 발걸음을 하는 여정.

인생이란 여정의 계절감은 꼭 물리적인 상황이 갖춰져야지 느끼는 것이 아니다. 사람들은 살면서 그런 얘기를 쉽게 한다. 무엇이든 마음먹기에 달려있다고. 때문에, 소한(小寒)의 추위를 이기고 산속 연못에 입수하는 청춘이라면 몸은 춥지만 열정은 끓어오를 것이다. 반면에 한여름 밤에 찾은 뜨겁고 자극적인 클럽의 스테이지 위라 할지라도 엊그제 이별을 겪은 이의 마음은 오한이 날 만큼 시리다.

엄동설한에 맨발로 걷는 것만큼이나 춥고 시린 경험이 있다. 누구에게나 있을 법한 인생의 전환점이라고도 할 수 있다. 연말 연초의 겨울이었지만 필자에게 있어 겨울이라 춥다는 느낌이 아니라, 현실의 혹독함에 피가 마르는 몇 개월 이었다. 그 어떤 누구에게도 하지 못한 이야기, 한 사람의 인생을 송두리째 바꿔

놓은 이 경험을 털어놓는다.

시간을 거꾸로 가보면 2019년 초여름이다. 그날은 나에게 있어 꽤 오랜 시간 염원했던 무언가를 실행에 옮기는 아주 중요한 하루였다. 20대 중반부터 꿈꿔온 일이 현실이 되는 날이었기에 기대감에 부풀어 있었다. 하지만 그 누구에게도 말할 수 없었다. 왜냐하면, 좋은 일을 앞두고 입을 잘못 놀렸다가 아무 일도 아닌 일이 되어 버리는 경험을 수 차례 해왔기에.

나는 그날 모델하우스에 필요한 서류와 도장을 가지고 방문했다. 1시간 남짓, 설명을 듣고 도장을 찍고 그렇게 모델하우스를 걸어 나오며 세상이 내 발밑에 깔린 기분으로 귀가했다. 남편의 사업장, 공동명의의 집, 대형 세단, 그다음 필요한 것이 이것이었다. 바로, 투자 목적의 소형 오피스텔. 이것들은 내가 평소 생각하는 '부(副)의 계단'이었다. 누가 정해 준 아이템 목록이 아니었다. 그저 아이 둘을 키우며, 살림을 하며, 사업하는 남편의 눈치를 보며 프리랜서로 조금씩 일하던 주부가 소망했던 버킷리스트 중 하나를 실행하는 것이었다.

소형오피스텔에 대한 관심은 2011년부터 있었다. 남편과 결혼식을 올리기 전에 동거하던 9평짜리 복층 오피스텔은 나에게 있어 단순한 주거공간이 아니었다. 당시 나는 부동산의 비읍도 모르던 상태였지만 그저 내가 사는 그 집의 임대인을 동경했다. 남편과 나는 당시 45만원이라는 월세를 송금했는데 그때마다 남편은 어떤 마음이었는지 모르겠으나 나는 꿈을 꿨다. '언젠가는 나도 이런 오피스텔의 임대인이 되어야지.'

그 이후로도 꿈은 계속됐다. 이사하여 다른 지역에 살면서도 내가 지내던 오피스텔 근방에 대한 관심을 놓지 않았다. 종종 발품을 팔며 가보기도 하고 없어지거나 새로 생겨난 인프라에 대해서도 관심을 가졌다.

임장(臨場)이니 상권 분석(商圈 分析)이니, 당시 나는 이런 용어도 몰랐지만 그저 오피스텔 임대인이 되고 싶다는 꿈만 가지고 나도 모르게 그러한 행동을 하고 다녔다. 그렇게 꿈을 꾸는 사이 남편과 결혼을 했고 아이 둘을 낳았다. 남편이 주는 생활비로 살림을 하고 두 아이 교육에 매달리는 삶은 어느 가정주부와 다를 바가 없었지만 여전히 내 마음속에는 오피스텔 임대인에 대한 꿈이 잠자고 있었다.

시간이 흘러 2018년 겨울의 어느 날, 내가 살았던 오피스텔 바로 앞에 있던 대형마트가 폐점을 하고 그 자리에 어마어마한 주상복합 건물이 들어선다는 뉴스를 접했다. 돌이켜 보면 그때는 마치 잠자던 꿈이 눈을 뜨는 것과 같은 순간이었다. 49층 높이의 대형 건설사가 시공한 지역 최고의 랜드마크 오피스텔, 최고의 지리적 요건으로 지하철 직통 연결, 백화점 직통 연결 등 인프라의 중심. '랜드마크'라는 단어는 이 건물의 장점을 다 아우를 수 없다고 느낄 만큼 너무나 훌륭한 부동산 상품, 이러한 평가는 개인적 견해를 넘어서 심지어는 지역을 오갔고 수도권을 들썩이게 했다. 온오프라인에서는 이곳 분양소식에 관심이 쏟아졌다.

해가 바뀌고 본격적인 분양 시즌이 되었지만 나는 움직이지 않았다. 정세를 살펴야 한다고 생각했다. 때는 부동산 호황기였지만 의심병이 많은 성격이라 남들 따라 덜컥 계약하기는 싫었다. 최대한 시간을 끌었고 분양 끝물에 드디어 작은 원룸 하나를 분양받았다. 준공은 2022년 겨울이라고 했다. 2년 반 동안 분양금을 분할로 납부하다가 준공이 되면 잔금을 내고 등기를 치고 본격적으로 소유주가 되어 월세를 받을 계획을 세웠다.

여기를 시작으로 임대 사업에 발을 디뎌 호수(號數)를 늘려가는 그림도 그렸다. 그렇게 몇 년을 지내다가 큰 아이가 성인이 되면 가장 처음 분양받은 이곳을 물려주고 살게 하려고 했다. 물질적인 여러 가지보다도 이 작은 오피스텔의 입지요건이 너무나 좋았기에, 성인이 된 자녀에게 더할 나위 없는 선물이 될거라고 믿었다. 남들은 1~2천만 원짜리 명품백을 사러 백화점을 가지만 나는 그것보다 훨씬 더 가치 있는 미래에 투자한다고 생각했다.

긍정적이고 희망에 부푼 생각은 엄마로서, 아내로서 자부심을 최대치로 견인했다. 비록 남편 몰래 진행한 계약이지만 나중에 알게 되면 칭찬받으리라, 핑크빛 꿈을 꿨다.

랜드마크 오피스텔을 소유하기 위한 나의 금전적인 계획은 계약금을 포함한 1차 분양금만 현금으로 납부하고 나머지는 대출하는 것이었다. 소위 '영끌'이라고 한다. 당시에는 영끌이라는 단어가 없었다. 최대한도로 80% 대출받는 것에 대한 부담이 없었던 것은 당시 부동산 시장 분위기가 그랬기 때문에 가능했다. 돈 무서운지 모르고. 당장 돈이 많이 있지 않아도 금융정책의 도움을 받아 임대인이 되는 것이 가능한 시기였다. 은행 금리도 매우 낮았고 부동산 순환도 그린라이트였다.

2019년에 분양을 받아 계약서를 쓰고 6개월마다 온라인으로 잔금 대출이 이루어졌다. 대출이 절반 정도 됐을 때 약간 조바심이 나긴 했다. 준공 때의 잔금은 대출이 아닌 현금으로 내야 하는데, 계약할 때만큼의 목돈이 생길 기미가 보이지 않았기 때문이다. 하지만 그래도 괜찮을거라고 생각했다. 준공만 되면 일단 친정에 얘기해 손을 벌리고 2~3개월 안에 월세든 전세든 세입자를 구해 보증금을 받으면 다 해결될 거라 전망했다.

그랬다. 당시에는 정말 그렇게 막연하게 생각했다. 좋은 쪽으로만 생각했다. 잘 풀리는 쪽으로만 생각했다. 2021년 겨울만 해도 부동산 시장의 흐름은 우상향 곡선이었기에 1년 뒤 불어닥칠 시련을 결코 예상하지 못했다. 치솟은 집값을 잡는다며 2022년이 되어

국가는 부동산 시장에 각종 규제를 하기 시작했다. 설상가상으로 금리마저 오르기 시작했다. 부동산 시장이 활기를 띠려면 대출이 쉽고 금리가 낮아야 하는데 둘 다 예상과 정반대였다. 더구나 뉴스만 틀면 임대 사업자를 포함한 다주택자들을 날강도나 서민의 피를 빨아먹는 나쁜 놈들로 취급하는 기사가 많았다. 자본주의 체제에서 경제 흐름이 원활하다는 것은 돈이 순환한다는 것이다.

하지만 정부는 집값 안정화를 공약으로 내세우며 규제를 늘렸고 정작 돈이 있는 사람들이 돈을 풀면 안 되게끔 정책을 만들어 나갔다. 특히나 임대 사업자들에게 가혹한 것들이 많았다. 임대 사업자들이 결코 놀고먹는 것이 아닌데, 단순히 다주택자라는 이유로 정부를 포함한 전 국민의 눈총을 받았다.

이러한 분위기를 난생처음 겪은 나는, 내 현실에서의 시련과 일단 맞서야 했다. 분양 당시에 비하여 금리가 3배 이상 뛰었기에 대출 이자가 어마어마한 부담으로 돌아왔다. '존버만이 살길이다'라는 얘기는 부동산에서도 진리처럼 통하는 말이지만 나의 경우는 달랐다. 영끌은 존버 할 수 없었다. 존버하기에 이율

이 너무 상하여 감당하기 힘든 수준이었고 잔금으로
할 현금도 없는 터라 최대한 빨리 세입자를 구하지
않으면 안 됐다.

피가 말랐다. 2022년 초겨울의 차가움은 나를 덮치
고 있었다. 2023년 1월 25일까지 마지막 잔금을 납부
하지 않고 등기를 치지 않으면 안 되는 데드라인이
하루하루 나를 숨 막히게 했다. 시간을 되돌리고 싶었
다. 차라리 그냥 명품백을 사는 것이 나았을까, 코로
나 직전이었는데 여행을 가는 것이 나았을까, 후회가
물밀듯 매일 매 순간 덮쳤다. 남편에게 힘들다 하소연
할 수도 없었다. 한마디 상의 없이 저지른 일에 대한
감당은 내 몫이었다.

준공 이후 등기 완료 데드라인 날짜까지 남은 3개
월, 1050세대의 랜드마크 오피스텔 매물이 한꺼번에
쏟아지니 세입자를 구하려는 임대인의 간절함과 피
눈물로 근처 부동산 시장 흐름은 아비규환이 따로 없
었다.

수요와 공급의 비율이 맞지 않는 상황도 유감이지
만, 분양 당시 예측했던 시장가격에서 40%가 떨어진
시세가 형성됐기 때문이다. 프리미엄은 커녕, 분양가

에서 훨씬 마이너스 된 가격으로 거래해야 하는 상황에 나를 포함한 임대인들은 절망으로 살았다. 자기자본금으로 안정적인 투자를 한 사람들도 바닥을 치는 시세에 한숨만 늘었다. 나처럼 영끌을 한 젊은 투자자, 퇴직금을 쏟아부은 5~60대 투자자들은 어마어마한 이자를 감당하며 혹독한 겨울을 지냈다.

그래도 손 놓고 울고 있을 수만은 없었다. 당시 나는 온갖 부동산을 뛰어다니며 제발 세입자를 구해달라고 인사하러 다니는 일상을 살았다. 내 뜻대로 되는 것이 하나도 없다며, 부동산 시장이 이럴 줄 몰랐다며 세상 탓만 하고 있을 수는 없었다. 지금 이 순간 할 수 있는 것이 무엇이든, 지푸라기를 잡는 심정으로 뭐라도 해야 한다며, 세입자를 구하려 발버둥을 치고 살았다. 간절함은 이루어지는 법이니까. 그렇게 살아왔으니까.

그리고 크리스마스이브 전날이었다. 종교에 관계없이 세상이 크리스마스로 행복한 시기, 나는 상대적으로 더한 박탈감을 느끼며 평소처럼 성당으로 가 오전 미사를 드렸다. 미사를 드리고 성전을 나오는데, 한 통의 전화가 왔고 통화가 끝나자 나는 외쳤다.

'오 주여!' 그랬다. 부동산에서 걸려 온 전화였고, 드디어 세입자를 구했다는 연락이었다. 신이 날 버리지 않았음을 몸소 체험했다. 오 주여 감사합니다. 오 주여 감사합니다.

온몸이 아리는 차가운 온기를, 굳이 나서서 느끼며 살 이유는 없지만 세상을 살다 보면 마치 스스로가 그런 길을 택하여 가는 것처럼 느껴질 때가 있다. 쉽지 않을 걸 알지만, 통찰력이 부족해서 혹은 너무 장밋빛에 취해서 혹은 잘못된 신념에 가로막혀서 우리는, 너무 쉽게 지옥행 열차에 오른다. '아 이게 아닌데, 어, 이럴 줄 몰랐는데...' 되뇌어도 이미 늦었다. 지옥행 열차에 탑승하면 중도에 하차해도 지옥이요, 목적지에 다다라도 지옥이다.

되돌아갈 수 없다. 하지만 우리가 그 속에서 희망을 찾고 삶의 의미를 발견해야 하는 이유는 뭘까?

호황이었던 부동산 시장이 마냥 호황인 줄만 알았다. '나도 한번 임대인이 되어보자' 치기 어린 당당함은 자부심이 아니라 자만심이었다. 명품가방 살 돈으로 소형 부동산을 사서 재미를 보려던 나의 막연한 망상은 호락호락하지 않은 세상을 알게 했다. 그 와중에 참으로 다행스러운 것은 건실한 직장인 세입자를 만나 정해진 날짜에 잔금을 납부하고 오롯이 임대인이 되었다는 것이다.

투자에 대한 생각은 사람마다 다르다. 강의를 듣고 책을 읽고 다양한 방법으로 공부한 만큼 저마다 투자에 관한 생각은 다 다르다. 극 지대의 혹독한 추위로 느껴지는 시련을 겪으며 나는 투자에 대한 가치관이 확 달라지고 바로 섰다. 다양한 간접 경험을 통해 투자에 대한 가치관이 올바로 서면 베스트지만 아마 대부분의 사람들 처음에는 나처럼 막연할 것이다.

'다른 사람들도 이렇게 한다는데 나도 한번 해 볼까. 나도 재미 좀 볼 수 있지 않을까' 하는 생각을 하며 망상에 빠지기 쉽다. 그런 사람들에게 꼭 해주고 싶은 말이 있다.

경험해 보라.

하지만 리스크에 대한 대비가 전혀 없거나
가족의 안위를 조금이라도 건드리는 상황이라면
과감하게 포기해라.

그렇지 않으면
세상이 얼마나 혹독한 겨울이 되는지
몸소 알게 되는 경험을 하게 된다, 라고.

산책월

17일 | 최 별

내 마음이

춥지 않으면 돼

내 마음이 춥지 않으면 돼   *

순간이 모여 하루가 되고, 하루가 모여 인생이 된다.

사계절이 있듯이 인생에도 봄, 여름, 가을, 겨울이
있다. 계절의 겨울은 아름다운 눈꽃송이가 반겨주지
만 인생의 겨울은 혹독하기 그지없다. 그 차가움이 경
제적인 부분일 수도 사람과의 관계일 수도 어쩌면 나
자신의 문제일 수도 있겠지만 어쨌든 중요한 것은 누
구에게나 겨울은 존재한다는 것이다. 주변에 밝게 웃
으며 항상 다가오는 사람이 있는가? 저 사람은 너무
긍정적이어서 배우고 싶을 정도인가? 사실 달리 생각
해 보면 웃어야만 하는 사람일 수도 있다. 자신의 내
면이 아프기에, 드러내고 싶지 않기에 말이다. 행복에
대한 글을 쓰는 작가라면 또 어떨까? 내가 아는 작가
는 유독 행복에 집착하는 면이 있다. 물론 그 작가는

나름대로 사람들이 좋아하는 소재로 글을 쓰려고 노력하는지도 모르겠다. 행복, 사랑, 위로, 동기부여 등 메시지를 주고 싶은 욕망에서 그의 글이 사람들에게 환대받는다는 생각이 든다.

그런데 그 작가의 글을 잘 들여다보면 사실 한눈에 알 수 있는 부분이 있다. 바로 자신의 욕망을 썼다는 것이다. 행복해지고 싶으며, 사랑받고 싶고, 위로받고 싶으며, 동기부여를 통해 성공하고 픈 자신의 욕망을 '나' 라는 단어에서 '당신' 이라는 단어로 바꾸어 썼을 뿐이다. 아, 이 얼마나 가슴 아픈 일인가. 사람들에게 위로의 메시지를 던지며 행복을 전파하던 작가는 사실 본인이 가장 불행한 사람이었던 것이다. 작가에게 물은 적이 있다. 대체 왜 그렇게 사람들에게 좋은 말만 쓰냐고, 듣기 좋은 말만 쓰는 것이 한편으로는 긍정적인 면을 보여주지는 못한다고. 그의 대답은 명쾌했다.

"내가 듣고 싶어서 그래, 나는 나에게 좋은 말을 해준 적이 없거든."

그는 어떤 인생을 살아온 것일까. 대체 왜 사람들에게 위로의 메시지를 전파하는 척하며 자신에게 희망의 말을 전하며 지냈던 것일까. 그의 인생으로 들어가 보기로 했다. 그는 초등학교 5학년 때부터 이상한 질병에 걸렸다고 한다. 자신을 끊임없이 괴롭혔는데 단적으로 나타났던 증상은 바로 여학생들 앞에서 땀을 한 바가지씩 흘리는 것이었다. 제3자의 입장에서 보면 귀엽게 보일 수도 있는, 그저 사춘기가 조금 빨리 온 남학생의 모습으로 보일 수도 있겠다는 생각이 들었다. 하지만 그의 이야기를 듣고 서는 그런 문제가 아님을 절감하였다.

"내가 여자애들 앞에서 땀을 흘렸던 이유는 말이야. 그 사람들이 나를 싫어할까 봐. 나같이 살찌고 매일 코에 땀을 흘리는 사람을 보면 놀릴 것 같고 그러다 보면 땀이 나고, 땀 나는 내가 보기 싫을 것 같아서 또 냄새가 날 것 같아서 더 불안해져. 나는 정말 그 상황이 미쳐버릴 것 같았어."

조금 이상하다는 생각이 들었다. 너무 많은 생각과 도가 지나친 걱정을 하고 있다는 생각 말이다. 아쉽게도 그의 증세는 고등학교 때까지 이어졌고 수업을 듣다 뒷자리에 있는 여학생들이 의식되어 보건실로 도망 다니기 일쑤였다. 그의 생각을 전부 이해할 수는 없지만 아마 이렇게 생각하지 않았나 싶다.

'나는 루저야. 여학생들 앞에서 불안함을 떨쳐내지 못하고 땀 나는 모습을 보여주기 싫어서 보건실로 매일 도망가. 나는 어떡해야 하지? 왜 나한테만 이런 병이 생긴 거지?'

나중에 알게 된 사실이지만 그는 진성 강박증을 앓고 있었다. 초등학교 저학년때는 '틱'이라는 질병으로 정신과를 방문하였었는데 그 병은 나중에 강박증으로 발전하기가 쉬운 질병이었다. 아쉽게도 작가는 결국 질병이 질병을 끌고 와 강박증을 앓게 된 것이었다. 정신 의학적인 지식이 부족한 사람들은 흔히들 이야기한다.

"야, 괜찮아. 그거 네 의지가 약해서 그런 거야. 마음을 굳게 먹으면 강박증이니 우울증이니 그런 거 다 지나간다. 남자가 되가지고 뭐 그런거로 그러냐."

이런 말을 들을 때마다 그는 참을 수 없는 분노를 느꼈다고 한다. 하지만 그 사람들이 말하고자 하는 것은 나름대로의 나에 대한 위로였기에 웃으며 대답할 수밖에 없었다.

"고마워, 그래. 내가 나약해서 그런 가봐. 힘내야지."

자주 하는 이야기 중의 하나이지만 정신적으로 피폐한 사람이 힘내겠다고 하는 얘기는 거짓말일 가능성이 크다. 그저 위로를 해준 사람에 대한 예의를 갖추는 것뿐이다. 안타까운 일 중의 하나는 강박은 비단 땀을 흘리는 것에만 국한되지 않는다는 것이다. 불안함을 기제로 하여 몸집을 키우는 강박증이라는 녀석은 모든 일에 적용이 된다.

'저 사람이 나를 싫어하지는 않을까.', '저렇게 말하는 의도가 무엇이지.', '이미 지난 일이잖아, 벌써 몇 년 동안 머릿속에서 지우지 못하는 거야.'

일반적인 사람들은 몇 년 전에 자신이 했던 과오나 아픔은 잊어버리기 마련이다. 잊지 못하더라도 가슴에 묻어두고 살려고 하기 마련이다. 그러나 생각 강박증이 심한 사람의 경우는 그렇지 못하다. 몇 년 전의 일도 항상 생각하며 자책하고 아파하고 죄를 세상에 고백하여 용서를 구해야 할 것 같다는 조금 비상식적인 생각을 가지고 있다. 굳이 그러지 않아도 될 것 같은데, 굳이 그렇게 아파하지 않아도 될 것 같은데 말이다. 사실 일반적으로 생각했을 때 그럴 수 있었고 그럴만한 일이었음에도 불구하고 작가는 그렇지 못했다. 남들하고 웃으며 이야기를 할 때도 그 생각이 머릿속에 팽배해 있었고 맡은 일을 잘 쳐내는 것 같았지만 사실은 자신의 과오로 죄책감과 죄의식에 사로잡혀 있었다. 아마 단언컨대 강박증이 없었다면 작가는 이미 대성해 있었을지도 모른다. 강박증에 사로잡혀 자신이 낼 수 있는 퍼포먼스의 절반 밖에 내지 못하며 살아왔었기 때문이다.

안타깝게도 그에게는 모든 계절이 겨울이었다. 이겨내려고 하면 더욱 강하게 조여오는 불안함과 강박증이 그를 피폐하게 만들었다. 정신과 약을 먹으며 살아간 지도 어느덧 20년이 넘었다. 그에게는 아쉽지만 선택의 여지가 많지 않았다. 자는 시간 외에는 자신을 괴롭히는 불안함과 죄의식에 사로잡혀 인생을

살아가거나 삶을 마감하거나 둘 중에 하나를 선택해야 했던 것이다. 하지만 그는 죽을 용기가 없었기에, 또 아직 젊기에 남자다움으로 무마하며 살아가려고 노력했던 모양이다. 그래서 그는 사실 다른 사람들이 보기에는 굉장히 강인하고 끈기 있으며 꽤나 성공한 것처럼 보일 수도 있을 것 같다. 그러나 그와 대화해본 나는 안다. 그는 사실 굉장히 여리고, 속이 많이

상해 있으며, 하루를 살아가는 것조차 버거운 사람이라는 것을 말이다. 언젠가 그에게 물어본 적이 있다.

"불안함으로 살았던 당신의 인생을 글로 써보는 것은 어때? 생각보다 많은 사람들이 그런 불안함과 힘듦 속에서 살아가고 있잖아. 난 충분히 책으로 낼 수 있다는 생각이 드는데?"

나는 항상 상업적으로 접근을 했었기에, 이것이 돈이 될 것인가에 대해 생각했던 사람이므로 그에게 그렇게 질문했었다. 그러나 그것이 아주 큰 실례임을 깨닫는 데는 오래 걸리지 않았다. 그는 자신의 아픔을 사람들에게 드러내고 싶지 않았던 것이다. 너무나도 부끄럽고 약점이 된다고 생각하여 꽁꽁 숨기고 사람들에게 괜찮은 척, 다 아는척하며 남들에게 위로를 전하는 글을 써왔던 것이다. 그때 당시에 그가 했던 말이 생각난다.

"생각보다 사람들은 자신의 이야기에 관심이 없어. 사람들은 글을 통해서 자신이 무엇인가를 얻기를 바래. 거기에 내 아픔을 적는다고 무슨 위로가 되겠어. 그리고 내 아픔을 상업적으로 이용하려고 하지마. 난 정말 하루를 살아가는 것도 벅찬 사람이라고."

그 말에 나는 사과할 수밖에 없었다. 작가는 어느덧 나와 비슷한 30대 초반의 남자가 되었다. 그는 이런 고민도 하며 살아간다고 한다. "내 병이 내 자식에게 옮겨질까 봐 무서워. 그래서 나는 결혼은 생각도 안 하고 있어. 난 그렇게 되면 평생을 죄책감에 갇혀서 살지 못하게 될 거야. 남자다운 생각과는 별개야. 이 것은 정말 큰 문제가 될 수 있다고."

어느 정도 이해가 되는 부분이기는 하지만 작가를 보며 생각했다. 자신의 인생이 있기는 한 걸까. 병이 라는 울타리에 갇혀서 자신을 돌보지 못한 사람이 울 부짖는 모습이 참으로 안타깝다. 행복한 결혼 생활과 아이를 낳을 생각조차 병이라는 이름에 짓눌려 힘들 어하니 말이다. 만약 아이를 낳았는데 그 아이에게 강 박증이 옮아간다면 그것은 그의 잘못일까? 아니면 태 어날 기회조차 막아버리는 것이 오히려 큰 잘못일까? 아니라면 자신은 돌보지 않고 오직 병만을 생각하며 살아가는 그가 자신에게 가장 큰 죄를 짓고 있는 것 일까? 나는 수많은 생각이 교차했다. 어쨌든 중요한 것은 그는 자신을 사랑하지 못하고 병에 짓눌려 있으 며 자신에게 하고 싶은 말을 남들에게 돌려서 말하는 거짓말쟁이 작가라는 것이다. 가면을 쓰고 사람들에게 행복을 전파하면 뭐 하겠는가. 정작 자신이 불행한 것을.

그렇게 시간이 흘러 그에게 새로운 소식이 들려왔다. 사람들에게 좋은 글만 전파하던 그가 우연찮게 얻게 된 출간 기회에서 자신의 이야기를 써보겠다고 다짐을 했다는 것이다. 항상 남들을 위해서 글을 쓰던 그가 자신을 위해서 글을 쓰겠다고 생각한 것은 어쩌면 자신의 병을 받아들였다고도 볼 수 있을 것 같다. 병도 나의 일부분이고 그런 불안함도 나의 일부분이기에 받아들이고 안아 주어야겠다 라고 생각했다. 가장 소중한 것은 나 자신이니까, 나의 이야기로 사람들이 공감을 하고 위로를 받을 수도 있는 것 아닌가.

꼭 사람들에게 듣기 좋은 말만 쓴다고 좋은 작가는 아니다. 자신의 이야기를 솔직하게 풀어냄으로써 사람들과 진심 어린 소통을 하는 것도 또한 좋은 작가의 길이다. 좋은 작가가 되고 싶었다. 그저 사람들에게 힘들면서 안 힘든 척하며 행복을 전하기보다는 힘들 때는 힘들다, 우울할 때는 우울하다고 나도 그런 사람이라고 외치고 싶었다. 언제 또 이렇게 솔직해 보겠는가. 이 글을 쓰기까지 수많은 고민을 하고 마지막 원고 마감일까지도 수없이 망설였을 작가이다.

보라. 세상에는 이렇게 아픈 사람들이 많다. 행복해 보이고 웃으면서 살아간다 해도 마음속 한켠에는 자신만의 혹독한 겨울이 존재하기 마련이다. 이 글을 읽는 당신과 언젠가 만나는 날 이렇게 이야기해 주고 싶다.

"나도 이렇게 아팠다고,
우리 함께 아픔을 받아들이고 나누며 살아가자고."
말이다.

산책월

18일 | 치 키

겨울에 온기가
쌓여가는 중이라서

겨울에 온기가
쌓여가는 중이라서

*

봄, 여름, 가을의 따스함보다 겨울의 차가움 속에서 유독 온기가 더 와 닿을 때가 있다. 어딘가에서 이미 쓰이고 있을 법한 말이지만 그래서인지 나는 차가움에도 온기가 있다고 생각하게 되었다.

그 생각이 조금이나마 공감을 일으켰던 건지 얼마 전 미술팀에 합류해 촬영을 마친 영화의 제목도 내가 제안한 '차가운 온기 (사월의 눈)'로 확정되었다. 또, 추운 날씨에 언 마음을 녹여내듯 뜨거운 커피잔을 두 손으로 감싸고 입으로 호호 불며 따스함을 찾는 당신의 모습이 자연스레 연상되는 단어라고 머릿속에 떠오르기도 했고. 문득, 이런 생각을 해 보았다.

나에겐 나 자신 외에는 가족도 포함해서 모두가 타인이지 않나? 마찬가지로 그들에게 나는 타인일 텐데.

타인과 타인이 무심하게 자신만 바라보다가 눈이

마주쳤을 때 우리의 온기가, 이야기가 시작되는 것이
지 않을까?

어느 날 우연히 마주친 지나는 이의 눈길이 내 시선
을 스친다.

눈이 마주쳐서 인사하며 나를 소개하고 그렇게 대
화가 오가며 우리의 관계가, 서로의 마음에 온도를 한
칸씩 올려주는 것이 아닐까, 하는 생각에 잠겨도 보고.

어떤 날은 생전 모르던 사람과 한없이 가까워지기
도 하고, 어떤 날은 절대 비밀이 없다고 생각할 만큼
가깝다고 생각했던 사람에게 상처받기도 하고 또 어
떤 날은, 내 전부를 다 줄 것처럼 사랑했던 사람과 두
번 다시 만날 수 없는 상황이 되기도 한다.

생각해 보면, 이별을 하는 것보다 시작하는 것이 조
금은 더 수월한 것 같다는 생각이 든다. 마음이 움직
일 때마다 나도 모르게 이미 내 발걸음도 움직이고
있기에.

그와 반대로 우리는 함께한 시간이 길수록 그 사람
을 놓아주는 일은 정말 많이 힘겨워한다. 함께한 시간
이 길어서일까, 함께한 소중한 기억이 넘쳐나서인 걸
까. 확실한 답을 내놓을 수는 없지만 놓아주는 것이

힘든 이유는 마음이 아무리 몰아쳐도 결국 행동으로 표현하지 못하는 마음의 무게 때문일 것이다.

잃어버림에는 아무리 시간이 지나도 익숙해지지 않는다.

사실 모든 관계에 헤어짐이 익숙할 수는 없겠지만 한 번씩 겪는 이별에 그때마다 나 스스로 이겨내고 나아갈 수 있어야 한다는 생각이 든다.

사람을 만나고 잃는 것은 누구나 겪는 일이다. 아닌 것에 미련을 두면 자신에게 더 큰 상처를 줄 수 있다는 것을 배워나가야 하지 않을까. 만나는 방법과 놓아주는 방법은 어느 하나 쉬운 것이 없지만 아닌 것은 아니라고 판단할 줄 알아야 지금의 나보다 내일의 내가 더 나은 사람이 될 수 있지 않을까?

사람을 알아가다 보면 좋은 사람, 좋지 않은 사람을 딱 명확하게 구분 지을 수는 없지만 결국엔 나와 결이 맞는 사람이 있더라.

그 어떤 조건도 중요하지 않을 정도로.

때로는 이유 없이 찾아오는 우울함이 있다. 쨍하게 맑은 날에도 비가 오는 것처럼 해맑게 웃고 지내는 나에게도 아무런 이유 없이 의욕이 바닥으로 꺼질 정도의 우울함이 찾아올 때가 있다.

걱정거리가 많은 것도, 어떤 이유가 정확히 있어서도 아니다. 그저 우울함이라는 비가 내게만 내리는 것이다. 마음의 비가 쏟아지는 것처럼. 그럴 때는 쏟아지는 빗줄기를 우산으로 피하는 것이 좋다, 차가운 물기에 젖어 들지 않기 위해서.

최근 평소처럼 오늘의 글을 써서 업로드를 했는데 누군가 내게 댓글로 한 마디를 달았다, 쏟아지는 치키라고. 그 말에 잠시 멍하니 잠겨 들었다.

내가 내게 쏟아진다는 것은 어떤 느낌일까 하고.
무지개처럼 다채로운 색이 쏟아지는 걸까,
따스함이 쏟아지는 걸까.

내게 쏟아지는 우울함이라는 비를 피해 따뜻한 커피 한 잔을 마시는 것만으로도 언제 그랬냐는 듯 우울함 대신 마음에 설렘이 가득 차는 느낌이 들 때가 있다. 그렇게 내게만 비가 내려도 나만의 따스함으로, 설렘으로 가득 채우면 내일은 또 다른 맑은 날이 찾아오지 않을까.

차가운 온기는 결국 내가 나에게 주는
다정한 마음이 아닐까.
어떤 상황에서도 나를 안아주고 다독여 주는 그 따스함.

눈 속에서 꽃이 피어나기 시작했다.
어느새 겨울이 온기가 되어 쌓여가고 있다.

산책월

19일 | 해쪼이

가장 행복할 때가
'가장 무도회'일 수 있다.

-'가장 높은 곳이 가장 무서운 곳'-

가장 행복할 때가
'가장 무도회'일 수 있다

*

　겨울을 떠올렸을 때, 설레면 아직 동심과 순수함을 지닌 어린이, 출근길이 걱정되고, 전기장판에서 편하게 쉬면서 귤을 까먹고 싶다면 어른이 되는 것 같습니다. 마치 만화영화 아기공룡 둘리에서 고길동을 바라보는 어린이와 어른의 시각 차이처럼 말입니다. 설렘과 걱정이 동시에 드는 저는 아직 어린아이이고, 싶은 작은 어른인 것 같습니다.

　겨울이라는 단어 자체가 주는 느낌은 차갑지만, 겨울이 내포하는 속성은 따뜻함인 것 같습니다. 세상 모두를 뜨겁게 사랑하사, 우리를 구원하신 예수님의 탄생일인 크리스마스가 겨울에 있는 이유인 것 같습니다. 연말연시엔 거리마다 마음을 들뜨게 만드는 캐럴과 구세군 자선냄비의 종소리는 차가운 청각을 포근하게 안아주고, 연인들은 추우면 추울수록 서로를 끌

어당기며 차가운 촉각을 안아줍니다. 가족들도 새해
를 함께 맞이하며, 서로의 행복과 안녕을 빌어줍니다.
아이들에겐 겨울 방학까지 주어지니, 겨울은 춥지만
따뜻함을 지닌 계절이라 생각합니다.

제 겨울도 매년 따뜻했으면 좋았겠지만, 작년 겨울
은 유난히도 추웠습니다. 실제 추웠는지는 기억이 나
질 않습니다. 그렇지만 인생에서 가장 추운 겨울이었
습니다. 모든 것이 순조로웠던 그해, 부족한 것 없었
던 모든 상황. 이 행복이 영원할 것 같았습니다. 그러
나 가장 행복했던 시간이 가장 힘든 시간으로 변했습
니다. 다른 사람의 이야기이거나 영화에서나 등장할
법한 일을 3연타로 맞고 나니 겨울의 냉기를 온몸으
로 받을 수밖에 없었습니다. 그 계절의 쓰라림은 어머
니의 이야기에서 시작되었습니다.

"집이 어려워졌으니, 준비해야 한다."

"...? 그게 무슨 말이야?"

믿을 수 없는 이야기를 들으면 우리는 할 말을 잃는
다고 합니다. 진짜 그렇더군요. 믿어지지 않아서 처음
엔 아무 말도 하지 못했습니다. 겪어보지 못한 상황을
마주하니 어떻게 해야 할지 모르겠더군요. 설상가상

으로 다니던 직장도 원치 않게 그만둬야 했고, 사랑하는 사람마저 떠나보내야 했습니다.

하루하루 사는 게 아니라 살아지는 기분이었습니다. 제 감정의 주도권은 불안과 우울이 Key를 쥐고 있었고, 좀처럼 나아질 기미가 보이지 않았습니다.

그렇지만 그런 상황 속에서도 본인이 가진 기질은 어쩔 수 없는 것 같습니다. 전 잘 살고 싶은 의지가 있었습니다. 할 수 있는 걸 하자고! 과거 이별했을 때 가장 빠르게 극복하는 방법은 사람들을 만나고, 눈을 뜨면 집을 벗어나는 것이었습니다. 아무런 목적이 없더라도 무조건 나가서 음악을 들으며 걸으면 생각이 정리됩니다. 그리고 집이라는 공간을 벗어나면 공간이 주는 우울감에서 해방시켜 줍니다.

그런 과거의 경험을 토대로 아침마다 뛰었습니다. 달리면서 받아들여야 할 상황을 객관화하고, 해결할 수 있는 것들을 하나씩 해나가기로 했습니다. 해결이 불가능하거나 오지 않은 상황들은 미리 걱정하지 않기로 다짐했습니다. 그때 진짜 많은 것을 배웠습니다.

'어른이 되는 건 별것 아니구나. 해보지도 않은 서류 처리를 직접 하면 사회가 날 어른으로 인정해 주

는구나!'

하나둘 내가 할 수 있는 것들을 해나가며 나도 챙기고, 어머님도 챙겼습니다. 그리고 단단해졌습니다. 마지막 어른의 과정으로 새로 살 집을 구했고, 짐 정리하는 이삿날 당일 펑펑 울었습니다.

이 감정을 나눌 사람이 없다는 게 너무도 서글펐습니다.

그리고 또 배웠습니다.

가장 행복할 때가 사실은 가장무도회일 수도 있다는 것을요.

사람은 행복이 무한할 것을 기대하고, 설령 그렇지 않더라도 무한히 행복하기를 소망합니다. 그러나 행복은 유한성을 지닌다고 생각합니다. 같은 상황이라 할지라도 행복의 크기나 빈도는 사람마다 다 다릅니다. 무한히 행복할 것처럼 사는 삶의 방향성은 동의합니다. 또 무한히 행복을 많이 만드는 것도 중요합니다.

그렇지만 행복이 무한히 지속되지 않는다는 것도 염두에 둬야 합니다. 신은 우리에게 가혹하게도 가장 행복할 때 고난을 주는 것 같습니다. 그래서 '시험에 들게 하지 마옵시고'라고 기도하는 것 같습니다. 시험에 들었지만, 전 그 시험을 통과하였고, 사실은 시험이 아니라 제게 성장을 주었습니다. 그런 의미에서 고난, 그것은 사실 축복이었습니다. 아마 그런 일들이 없었다면 전 차가운 겨울이 사실은 따뜻한 겨울임을 몰랐을 것입니다.

가장 행복(幸福)한 순간에는 다음 행보(行步)가 가장 중요하다는 것도 알지 못했을 것입니다. 이제는 압니다. 오늘은 행복하지만, 내일은 힘든 일이 생길 수도 있다고. 그렇지만 그 속에서도 행복할 수 있다고. 그렇게 행복의 관성을 만들어야겠다고 다짐했습니다. 고기도 씹어본 사람이 맛있게 먹을 수 있다고 합니다. 행복도 행복해 본 사람이 행복을 온전히 만끽할 수 있는 것 같습니다.

또 '행복은 크기가 아니라 빈도'라는 말이 있습니다.

행복한 일들을 자주 그리고 습관적으로 만들고 느꼈으면 좋겠습니다. 거창하지 않음에도 행복할 수 있다는 것도 느끼셨으면 좋겠습니다. 저는 이제 웬만한 일은 부정적으로 생각하지 않습니다. 커피를 좋아하는 저는 차로 이동 중에 옷에 커피를 자주 쏟습니다. 전에는 "아 씨!" 이 말이 나도 모르게 나왔다면 이제는 벌어진 상황은 되돌릴 수 없음도 알고, '오히려 빨래 실력이 늘겠는데?'라고 생각합니다. 행복한 상황은 아니지만 불행한 상황으로 만들지도 않습니다.

인생은 파도와 같습니다. 때론 큰 파도가 밀려와 부서질 듯 바위를 사정없이 때리지만, 이내 곧 잔잔한 파도들이 어루만져 줍니다. 오래 지나고 보면 거친 파도들을 잘 견뎌낸 바위와 돌들이 예쁘게 다듬어지는 것 같습니다. 우리도 너울 치는 파도를 온몸으로 맞기도 하고, 오히려 그 파도를 타며 서핑하듯 삶을 맞이했으면 좋겠습니다.

반드시 예쁜 돌이, 아름다운 그대가 행복과 함께 등장할 것을 믿습니다.

행복감도 감정이기에 감정의 이야기도 꼭 하고 싶습니다.

오늘도 SNS를 보면 모두가 예쁘고, 멋지며, 비싸고 맛있는 음식을 먹으며 행복해 보입니다. 모든 피사체마다 행복의 감정들이 박제되어 있습니다.

그럼, 나의 모습은 어떤가요? 지금, 이 순간에도 야근하며, 그들의 행복한 모습을 부러워하진 않나요? 그들이 행복할수록 나는 상대적으로 더 불행한 감정을 느낍니다.

사람이 부러운 마음이 드는 때는 내가 갖지 못한 것-그것이 물건이든, 능력이든, 성격이든- 즉, 내가 소유하지 못한 상태에서 그것에 대해 욕망이 있을 때 일어나는 감정이라고 생각합니다.

이 부러움이라는 감정은 일반적으로 생각할 때, 부정적인 느낌이 있는 감정인 것 같습니다. 그렇지만 제 생각엔 이 감정을 대하는 사람의 태도에 따라 달라지는 변화하는 감정이라고 생각합니다. 정확히 말하면 행동 유도적 측면에서 변화하는 감정인 것 같습니다.

부러움을 음(-)의 감정에 초점을 맞추면 질투와 시기심으로 발현되어 불행함을 느낀다고 생각합니다. 만약 부러움을 양(+)의 감정이라 여긴다면 도전 정신과 동기부여를 주는 감정이라고 생각합니다. '나도 저것을 갖겠어, 나도 저 사람의 저런 성격을 닮겠어. 나도 저 자리에 오르겠어.'와 같은 긍정적인 효과를 내는 감정이라고 생각합니다.

따라서 부러움이라는 감정을 행복과 연결하기 위해선 자극제, 롤 모델로 삼으시면 좋을 것 같습니다. 삶을 더 진취적이고, 행복하게 만들어 줄 것이라 확신합니다. 덧붙이자면 SNS의 속성은 '관음과 과시'입니다. 그 모습이 가장 무도회이므로 진짜 행복이 아닐 수도 있습니다. 가면을 쓰고 살지 말고, 부러워하더라도 양(+)의 감정을 발현하시길 바랍니다.

부러워하기만 하면 정작 내가 부러질 수 있으니 내가 소유한 것들을 사랑하고, 감사하는 마음을 가지시길 바랍니다.

오늘도 가면을 쓰고, 가장무도회에 나섭니다.

어떤 사람을 만나는지, 어떤 곳에 가는지, 어떤 목적이 있는지에 따라 각기 다른 가면을 쓰고, 세상을 마주합니다. 가면을 벗고, '나' 자체의 모습을 보여주고 싶지만 그러기는 참 어려운 것 같습니다. 가면은 필요합니다. 가면을 썼다고 해서 이중적이거나 나쁘다고 말할 순 없습니다. 사람이기에 마땅히 체면이나 사회적 약속을 지켜야 하기 때문입니다.

그렇지만 행복을 가장(假裝)하진 않았으면 합니다.

힘들면 힘들다고, 외로우면 외롭다고 말했으면 좋겠습니다. 당신이 행복의 공간으로 빠르게 돌아왔으면 하기 때문입니다. 현재 상황을 바로 인지하고, 입 밖으로 내뱉기만 해도 후련해질 것입니다. 나누고, 덜

어내면 한결 나아질 겁니다. 그만큼 말에는 힘이 있습니다. 뱉은 말대로 되는 것 같습니다. 셀프 플러팅을 했으면 합니다. 자신에게 예쁜 말들로 자신을 꾀기(?) 바랍니다.

제가 다니는 교회 목사님이 항상 예배 시작 전에 외치는 문장들이 있습니다. "나는 행복합니다. 평안하고 건강합니다. 잘 돼 갑니다. 좋은 일이 생깁니다." 처음엔 어색할 수 있지만 삶에서 적용해 보니 진짜 그렇게 될 것만 같고, 진짜 그렇게 됩니다.

'힘들 때 웃는 자가 일류다. 행복해서 웃는 것이 아니라 웃어서 행복한 것입니다.'

겨울이라는 계절은 차갑지만, 자신에게 따뜻하게 예쁜 말을 가득 담았으면 좋겠습니다.

앉아만 있으면 다른 풍경을 볼 수 없습니다.

행복을 찾아 움직였으면 합니다.

겨울이 지나야만 봄의 꽃을 마주할 수 있으니까요.

챕터 4.

피어나라,
나의
봄

산책월

22일 | 산책자

여전히 그대 없는

봄에 홀로 피고 진 꽃

여전히 그대 없는 봄에   *
홀로 피고 진 꽃

여전히 그대 없는 봄이 이다지 따사로우니 여름보다 좋았다. 그러니 하고 싶은 것은 여름보다 나은 봄을 보내는 것. 즉, 더 나은 내가 되는 것이다. 끝도 없는 길을 내려다보는 사람들의 시선처럼 쓸데없는 고민을 할 필요야 없겠지만 신중하고 깊이 고민하는 이유는 걷기만 해도 좋은 봄이니까. 그만큼 본질적인 좋은 것을 추구하고 싶은 마음일 것이다.

봄길을 따라 걸으면 이제 막 돋움 하는 것들이 말을 건다. '언제까지 봄이 계속되는 건 아니야. 그러니 대책 없이 불어오는 봄바람에 설레는 마음도 오색찬란하게 피어난 꽃들에 멈칫거리는 걸음도 향기가 피어나는 꽃나무 아래 마주친 눈동자의 심연을 들여다보는 일에도 여유로운 게으름을 피우지 않길 바라.'라고.

그러나 이 봄에 실어내는 나의 바람은 주어진 봄을

후회 없이 보내는 것, 봄바람이 등 떠미는 대로 산책하고 감각하고 생각하는 것, 한 걸음 한 걸음마다 유려한 작가의 문장처럼 살랑거리는 꽃들의 이름을 찾아보고 눈인사를 건네는 것, 운명이던, 우연이든 빛이 부서질 만큼 찰랑거리는 매력적인 눈동자의 심연이라면 기꺼이 머물러 발장구를 치는 것, 젊음의 낭비를 부리며 사치스러운 시간을 보내는 것, 그리고 이런 매일을 평생 누리는 것이다. 겨울이 지나간 자리에 가만히 서서 봄의 후덥지근한 나른함에 눈을 감고 기다리면 그새 모든 소원들이 이뤄질 것만 같다.

그대는 영원한 이방인으로 머물러주기를 바라는 중이다. 세상이 아름다워 눈이 부시니 아끼는 귀걸이를 잠시 끼지 않아도 괜찮을 것 같다. 동그란 호수가 있는 공원의 아무도 모르는 자리에 앉아 커다란 거울 같은 호수를 감상하며 작은 꽃잎 하나 띄워 바라본다. 건너편까지 무사히 건너가는 모습을 시간 들여 지켜본다. 호수는 겉으로 보기에는 잔잔하지만 작게 요동치고 있다. 호수에 비춰 보이는 얼굴은 장난스레 일그러져 웃고 있다.

호수는 마음과 같다. 잔잔하지만 작게 요동치는 파

동이 환상적이다. 띄워낸 꽃잎 하나를 느리더라도 건너편까지 데려다줄 것이 분명하니 잠자코 기다릴 수 있는 것이다. 그러니 여름의 바다는 필요치 않다. 거친 파도는 이내 꽃잎을 토해내니 쓸데없다.

그대는 영화 속 레옹처럼 회색 도시 속에서도 푸르름을 간직한 작은 화분 하나 품에 가진 채 살아가기를 소원한다. 어지럽고 숨차기만 한 수많은 약속보다 정해진 시간마다 우유 한잔 챙겨 먹는 사람이라서 빈 컵 하나 들고서도 당신의 일상을 함께 챙겨줄 수 있기를. 셀 수 없는 밤을 잠들지 못했어도 작디작은 비좁은 품속에서 업어가도 모를 만큼 깊은 잠에 드는 사람이기를. 한없이 슬픈 날에는 세상이 무너진 듯 펑펑 울고서도 아침이 오면 뽀송하게 마른 빨래처럼 햇살 아래를 걸어갈 수 있는 사람이길. 한껏 젖어 눅눅해진 두 베개를 탁탁 털어 말리며 그대의 뒷모습을 향해 손 흔들어 그대의 안녕을 바라볼 수 있기를 바란다. 그런 날은 아마 주어진 많은 날들 중, 고작 며칠 뿐일 테니 말이다.

나는 그대를 향해 두드리나 서두르지는 않는다. 그대는 유예할 수 있는 유일한 것일지도 모르니까. 언젠가는 반드시 도달할 테니 도달해 버릴 때까지 온몸으로 미루고 밀어내는 것이다.

어디까지가 서로의 굴레의 끝일까. 어디까지 밀어내면 그대가 더 이상 날 위해서 뒤로 걸어주지 않을까. 인복이 좋은 사람들은 사람 보는 눈이 좋은 사람이다. 좋은 사람을 걸러낸다기보다는 누가 자신에게 좋은 사람이 되어줄까를 직감적으로 가려내는 사람들 말이다. 나는 인복이 좋은 사람이지만 가려내는 눈을 가졌다기보다는 상처에 대한 역치가 높은 사람이다. 그것은 글을 쓰고 싶은 욕망에서 근거한 감각이다. 결국 만나자마자 그대를 쓰기 위해 밤을 새울 것이란 걸 알았고, 이는 상처받기를 마음먹었다는 의미일 것이다.

그대에게 약속하고자 하는 것은 별 볼 일 없는 것이다. 이미 한 계절이 되어버린 그대가 돌아오면 어김없이 꽃을 피우고 또 떠나가면 얌전하게 시들어 꽃잎을 떨굴 것이라는 것. 그대의 언어가 무너져 내린다면 그래서 우리의 시절이 허물어진다면, 그 자리에서 기절해 버릴 것이라는 것. 중력을 벗어난 곳에서만 그대를 끌어안을 것이라는 것. 이쯤 되면 그대는 알아차렸을 지도 모른다. 치기 어린 봄처녀의 마음이 얼마나 허풍스러운지 말이다.

어쩔 줄 모르는 공황 상태가 찾아오면 나는 무한한 숫자를 계속 세었다. 지나가는 사람들은 중얼거리는 여자를 이상한 눈으로 쳐다보지만 숫자를 세지 않으면 이내 놀란 눈으로 쳐다볼 테니까 그보단 이상한 사람이 되는 것이 나았다. 숫자는 끝이 없어 다행이다. 그렇게 하나, 둘⋯ 일흔하나, 일흔둘, 일흔셋⋯ 이백서른일곱, 이백서른여덟⋯ 천구백팔십육, 천구백팔십칠, 천구백팔십팔⋯ 천구백구십육, 천구백구십칠, 천구백구십팔, 천구백구십구. 방에 돌아오니 또 한 번의 멸망에 몸이 심히 떨렸다. 손을 놓아버린 그대를 붙잡고 입을 맞춘 채로 멸망에 다다르도록 속삭이면 어떨까 생각했다. 그대는 숨이 넘어가는 내게 호흡을 불어넣어 구원해 줄까 아니면 함께 숨이 멎어 멸망할까 궁금했다.

그대와 함께 할 수 없는 이유를 손꼽아 본다. 마지막 약지를 접으며 그대를 사랑이라 부른다. 그대는 사랑이 되어버렸으니 함께할 수 없을 것이다. 함께하는 것은 사람과 사람이 하는 것인데 그대는 사랑이 되어

버렸으니까. 사랑이 되지 못한 나는 함께할 수 없다. 주먹 쥔 손에 사랑은 잡히지 않는다. 그 사실은 언제나 저릿할 만큼 슬퍼서 펑펑 울어야만 한다. 펑펑 울고 나면 한결 나아진 기분에 사람이 드글거리는 거리에 나가 하늘을 올려다본다. 사랑을 잡을 수 없지만 손잡을 수 있는 사람들이 이리도 많음에 위안을 얻는다. 괜히 함께 산책하는 이의 어깨를 툭툭 쳐보고 딛고 있는 땅에 발을 굴러보고 인파가 몰리는 장소에서는 팔을 붙잡아본다.

사랑은 말을 하지 않지만 사람은 말을 해주니 생각할 수고로움이 없이 기대어 쉴 만하다. 끝없는 생각에 휩싸여 말하지 못한 것을 적어야 하는 부담이 없다. 밤새 적고도 그대에 대해서 아무것도 적지 못했으며 결국 모든 글자는 나를 설명하고 있다는 좌절감에 쓰러져 잠들 필요도 없다. 여름만큼 뜨겁지 않지만 봄의 따뜻함도 나쁘지 않다. 사랑에 비해 사람은 고작 일장춘몽 같기는 하지만 말이다. 구태여 그 자리에서 꽃처럼 피고 지는 이유가 무엇이냐 묻는다면, 그저 사랑할 수 있는 시간이 필요할 뿐이었다. 나에게는 그저 사랑만 할 수 있는 시간이 간절하게 필요했다. 그 시간 동안 얼마나 많은 사람이 스쳐 갔고, 흘러가 버렸는지는 모르겠다. 한 사람만을 위한 글을 썼을 때도 이만큼 만족스러웠다. 그러니 글은 가난한 내가 줄 수 있는 한계와 같은 것이다. 사랑받기보다 사랑하기를 바라는 마음처럼 말이다. 홀로 피고 질 수 있음을 깨달았으니 그대는 나에게 어떻게 돌아올 수 있을까.

겨울이 끝이 될 수 없는 이유는 단순하다. 봄이 오기를 간절히 바라기 때문이다. 희망이라는 수평선을 간직한 이상, 시작과 끝은 영원히 닿을 수 없이 둥글게 이어진다. 어쩐지 봄의 끝자락에서는 간절하게 여름을 바라지 않으니, 봄에서 끝을 맞이하는 것은 꽤 괜찮은 일이라는 생각이 든다. 이미 더없이 충분했다. 이 끝과 같은 계절에서 그대를 생각하지 않고서 내가 또 무엇을 생각할 수 있을까.

일렁이는 아지랑이에 허기짐이 피어오르니 그대는 곱씹을 나의 양식이 되었다. 어차피 당신은 피어나고 말겠다는 욕망이 고집스레 손을 뻗는 핑곗거리일 뿐이니 말이다. 마치 봄으로 말미암아 꽃이 피었다는 당연한 문장처럼.

나는 그냥 피었을 뿐인데 짓밟혀 버렸던 날에는 그대의 목을 물어 울음을 삼켰다. 분명 아팠을 테지만 할 수만 있다면 그대를 해치고 싶었다. 사랑이 숨겨두었던 무자비함을 드러낸 밤이었다. 그런 밤이 지나면 한동안 시들거렸다. 사랑하는 것들에게 드러내는 가시를 뽑아내고 싶었다. 그런 나를 보고도 웃어주는 이들이 원망스러웠다. 고갤 들 수 없으니 할 수 있는 거라곤 구석에 처박혀 회개의 기도를 중얼거리는 것뿐이었다. 그것마저 지겨워지면 짓밟히지 않게 고개를 더욱더 높이 쳐드는 수밖에는 없었다. 그것은 나를 지키고자 함이 아니라 사랑하는 이들을 해치지 않고자 함이었다. 이내 그마저도 그들이 나를 지키는 것이라는 걸 깨달았을 때 크게 좌절했지만, 나는 과한 희망 중독 상태라서 그러한 좌절이 유익했다.

봄이 끝나가는 순간이 오니 빳빳하게 들고 있던 고개가 절로 숙여진다. 이번 봄도 이렇게 시들어야 하겠지만 떨구는 이파리는 뿌리의 먹이가 될 것이다. 이것이 지독히도 반복해서 찾아오는 끝을 견디어 내는 생의 의미일 것이다. 계절의 순환 속에서 몸통은 점점 굵어지고, 피부는 거칠어지며 주제넘게 고개를 쳐들고 가능한 높이 손을 뻗어낼 것이다. 꿈틀거리는 땅의 울렁거림은 떨구어낸 열매의 태동이며, 그 위를 덮어낸 고운 흙은 떨어져 쌓여 밟힌 낙엽이며, 터지는 꽃망울에 튀기는 물방울은 녹아 사라져 버린 우리의 약속이다.

그대는 매번 찾아오는 끝에서 더 나은 나를 발견할 것이다. 언제나 그 자리에서 성장을 멈추지 않는 나무를 보며 그대가 느끼는 기시감을 통해서 말이다.

언제나 계절은 다시 돌아오니, 기다리는 자리에는 언제나 봄이 찾아온다. 기쁨과 슬픔이 언제나 공존하는 것처럼, 시작과 끝도 마찬가지다. 그러니 끝없는 마음을 지키는 자는 언제나 복되다. 나는 그대와 함께할 날을 손꼽아 본다.

조심스레 약지를 들어
영원의 약속을 떠올리면
아마 그날이 사랑이 되는 날임을
마치 까먹기라도 했던 것처럼
새롭게 기억에 새겨 넣는다.

나에게는 그저 사랑만 할 수 있는 시간이 간절하게 필요했다.
그러니 굳은 가난한 내가 줄 수 없는 한계와 같은 것이다.
…홀로 피고 질 수 없음을 깨달았으니
그대는 나에게 어떻게 돌아올 수 있을까.

sanchaek lighter, 정윤정.

산책월
23일 | 엉겅퀴

고통스러운 만큼
찬란하게 빛날지니

고통스러운 만큼
찬란하게 빛날지니　　　　＊

　처음 요가를 접하게 된 계기는 신체의 일부 기능이
정상적이지 않음을 인지하고 치료하고자 하는 것에
있었다. 물론 다이어트의 목적도 있었다. 요가로 드라
마틱한 효과는 없으나 몸의 라인이 만들어지고 유연
해지면서 자연스럽게 체중감량 효과도 있지 않을까
하는 기대였다. 하지만 앞선 이유가 더 큰 비중을 차
지했다.

　요가라는 세계에 빠지게 된 것은 아무래도, 처음 선
생님을 잘 만난 탓이 아닐까 한다. 시간을 되짚어보니
벌써 2018년 3월이다. 기본인 테이블 자세도 몰랐던
나는 L을 요가 선생님으로 처음 만나면서 빈야사(요
가의 한 종류)와 필라테스를 접목한 요가의 다양한
동작을 배우게 된다.

　한 동작 한 동작 그녀를 완전히 똑같이 따라 하려고

무던히 애를 썼다. L은 나보다 8살이나 많았지만 신체적인 컨디션이 매우 뛰어났다. 그녀에게서 뿜어져 나오는 자기관리 아우라는 나로 하여금 요가를 일상에 스며들게 했다. 그렇게 2년 넘게 꾸준히 요가를 하면서 조금씩 몸에 변화가 생기고 체중감량도 했다.

그러던 어느 날 L이 나에게 말했다. "나 말고 다른 선생님들에게도 요가를 배워보는 게 어때요?" 그녀를 배신하는 행동이라 생각했기에 딱히 내키지는 않았다. 왜 다른 수업을 들어보라고 하는지 이해하지 못했다. 그래도 스승의 말을 수용하기로 한 나는 그것을 계기로 다양한 곳에서 필라테스 요가를 접했다. 여기서 3개월, 저기서 6개월, 또 저쪽에서 1년, 이런 식으로 7~8명의 선생님을 만나며 같은 자세를 하더라도 가르치는 사람에 따라 몸을 다르게 쓰게 된다는 것을 알게 됐다.

그러던 와중에 K를 만났다. K에 대한 정보가 있거나 그녀의 요가 스타일을 알던 것은 아니었다. 그저 단순히 내가 사는 동네에서 좀 떨어져 있으면서도 평소 이동하는 반경에서 크게 벗어나지 않는 곳이기에 일주일에 두 번씩 오가는 데 무리가 없어 단번에 등

록을 하고 수업을 했다. 첫 수업은 나에게 충격 그 자체였다.

코로나19였음에도 수많은 사람들이 그녀와 함께 요가하기 위해 모여 있는 열기가 대단했다. 더구나 K의 수업에는 차원이 다른 리더십이 있었다. 첫 수련을 마친 후 나는 이미 K에게 푹 빠져 있었다. L에게서 디테일한 자세를 습득하며 몸에 요가가 베이게 하는 것을 배웠다면 K에게서는 아사나의 완성을 배웠다고 할 수 있다. K는 내가 지금까지 만난 요가 스승들 중 가장 나이가 많았다.

그럼에도 불구하고 모든 것에 있어 동경의 대상이 됐다. 어조, 톤, 분위기, 수강생을 대하는 태도, 아사나를 할 때의 마음가짐까지… 나이가 든다면 이렇게 성숙하고 싶다는 생각이 들 정도였다. 감히 당시의 나는 그런 꿈을 꾸었다.

L과 K는 나에게 있어 서로 다른 방식으로 요가를 가르쳐 준 스승이다. 그것 말고는 전혀 공통점이 없는, 완전히 다른 사람이지만 그녀들은 나로 하여금 요가가 삶에 스며들게 한 결정적 역할을 했다. 나는 그 둘을 오가며 장점을 꼽아 나만의 새로운 '요가 시퀀

스'를 만들었다. 물론 처음에는 그것이 '요가 시퀀스'를 만들어 내는 과정이라는 것을 인지하는 단계는 아니었고, 그저 혼자서도 수련을 잘하고 싶어 루틴을 만든 것이 시작이었다.

코로나19로 인해 센터 수련을 하지 못하는 상황이 해를 거듭했기에 세상이 어떻든 하루 1시간 요가를 하려면 구령을 붙이는 강사가 앞에 있지 않아도 나 혼자 수련을 해야만 했다.

그렇게, 앞에서 가르쳐 주는 이가 없어도 혼자 수련을 하기 시작하다 보니 단점이 생겼다. 쉬운 자세, 내가 좋아하는 자세, 잘하는 자세 위주로 수련하게 된 것이다. 정체기를 느끼며 도대체 요가를 어떻게 해야 할까 고민이 깊어질 때 즈음 사회적 거리 두기가 해제되며 센터 수련이 가능해졌고 다시 두 스승을 오가며 아사나를 마스터 해 나가기 시작했다.

그 무렵 나에게는 현실적으로 힘든 시기가 찾아왔다. 살면서 자아성찰(自我省察)이라는 것을 해 본적이 없는 기고만장한 내게 크나큰 현실의 시련은 강제성을 부여하여 겸손을 가르쳤다. 모든 것이 내 탓이었다. 자책할 필요 없다고 자신감을 가지라고, 스스로를 옭아매지 말라고, 그렇게 말하는 누구의 위로도 나에게 와닿지 않았다. 현실적으로 그랬다. 실상을 알면 결코 그렇게 위로할 수 없는 상황이었기에 더 힘든 나날이었다.

원인은 나에게 있었다. 모든 일이 내게서 비롯됐기에, 전적으로 나의 교만함이 상황을 파국으로 치닫게 했기에… 그래서 나는 두렵고 부끄러운 감정을 숨긴 채 마음의 문을 걸어 잠갔다. 자물쇠를 부수고 마음 한 켠을 드러내고 싶었지만 현실이 녹록지 않았다. 가장 밑바닥의 볼품없는 나를 들추어내는 것 같아서, 양손에 쥐고 있는 이 모든 것들을 내려놓아야만 할 것 같아서, 나는, 마음의 문을 잠그는 선택을 했다.

한동안 이렇게 살면 마음의 병을 얻고 생활이 피폐해질 수밖에 없다. 그럼에도 불구하고 내가 건강할 수 있었던 것은 매일, 하루 1시간 요가 수련을 했기 때문이다. 그때까지의 내 삶은 남에게 보여주기 위한 것이 대부분이었고, 때로는 철저하게 왜곡되기도 했지만 수련하는 1시간만큼은 모든 걸 내려놓을 수 있었다. 내 호흡, 내 근육의 움직임, 특정 아사나를 할 때의 내 마음 상태, 이런 것을 오롯이 들여다보는 요가 수련은 유일하게 모든 것을 '활짝 열어 제치는' 시간이기도 했다.

요가에 대한 관점이 신체적인 것에서 내면의 의식과 같은 이념으로 자리 잡게 된 것은 이때부터였다. 고난을 버티거나 회피하려고 술이나 기타 다른 유흥에 기대지 않고 건강하게 시간을 보내게 한 것이 요가였다. 물론, 현실적인 어려움은 계속됐다. 해결되는 것은 거의 없었다. 하지만 달라진 것은 하나, 상황을 바라보는 나의 태도였다. 인생을, 현실을 '관찰자'로서 좀 더 멀리 떨어져 객관적으로 보니, 다른 것들이 보이기 시작했다. 전혀 생각하지 못했던 것들도 보였다.

수련이 깊어질수록 현실의 무게감은 더 무거워졌다. 현실의 무게감이 늘어날수록 나는 살기 위해 더 깊은 호흡을 해야만 했다. '내가 이렇게나 열심히 사는데, 잘 해내기 위해서 아등바등하는데 왜 한고비 넘기면 또 다른 고비가 찾아오고 끝이 보이질 않는 걸까'라는 의문은 꼬리에 꼬리를 물고 이어졌다.

누구에게나 현실은 이렇게 느껴진다. 하지만, 수련을 하는 시간에는 이 모든 것을 내려놓을 수 있었다. 요가를 왜 해야 하냐는 질문에 다음과 같이 말할 수 있다. 시대와 국경을 아우르는 요가의 대가인 '파탄잘리'의 말을 빌린다.

삶에 환멸을 느낄 때, 절망을 느낄 때, 욕망의 부질없음을 뼛속 깊이 깨달을 때, 삶의 덧없음을 볼 때 자신이 지금까지 해온 모든 것이 무너져 내리고 미래는 허무로 가득 차고 고통(anguish)의 나락 속으로 빠진다. 무엇을 어떻게 해야 할지 모르고 어디로 가야 할지 모르고 누구를 만나야 할지 모른다.

삶이 고통스럽고 괴로우며 미치고 싶고 자살하고 싶어지면서 갑자기 인생의 모든 것이 허무하게 느껴질 때. 인생의 어느 방향으로 갈 것인가 혼란스러우면 길이 잘 보이지 않는다. 미래가 어두워지고 내면의 욕구는 쓰디쓴 실망만을 안겨준다. 꿈과 희망으로 향하던 마음이 그 움직임을 멈춘다. 이제, 요가를 수행할 때이다.

파탄잘리의 가르침을 알고 요가를 시작한 것은 아니지만, 나 역시 그랬고 다른 사람들의 경우를 보아도 그렇다. 인생이 고통스러울 때, 마지막으로 할 수 있는 선택이 바로 요가인 것이다.

삶을 살아 낸다는 것은 고통이 수반되는 과정이다. 그 어떠한 삶도 꽃길만 있을 수 없다. 누구에게나 꽃길과 가시밭길이 동시에, 때로는 따로 존재한다. 가시밭길이 있기에 꽃길이 존재하는 듯하다. 가시밭길의 여정을 겪으며 어떠한 자세로 삶을 살아내느냐 하는 것은 스스로에게 달려 있다. 가시밭길 같은 인생에, 하도 찔려 더 이상 찔릴 곳조차 없는 몸뚱이를 이끌고 시작하는 것이 요가다. 이러한 깨달음을 얻었을 무렵, 나는 결심한다. 이러한 요가 정신을 더 많은 사람들에게 알려야겠다, 라고.

"고통스러운 만큼 찬란하게 빛날지니"

책에 나오는 내용도 아니고, 영향력 있는 유명 인사가 한 얘기도 아니다. 오롯이 내가 겪고 깨달은 것들을 더 많은 사람들에게 알리고자 하는 갈망에서 나온 한 줄이다.

이렇게 깨닫고 나니 보이는 것이 있었다. 바로 스승인 L과 K를 비롯하여 거쳐 간 수많은 강사들이 나에게 권유했던 요가 지도자의 길. 수년간 요가를 하면서 많은 사람들에게 들었던 말이지만 한사코 거부하며 흘렸다. 그럴 깜냥이 되지 못한다며, 그저 수련하는 게 좋을 뿐이라며 변명 같은 핑계를 댔던 과거의 시간들. 그러한 시간을 포함하여 인생에 있어 혹독한 겨울처럼 느껴졌던 지난날을 견뎌온 끝에 지난봄, 나는 결국 지도자의 길을 걷기 위한 수련을 시작했다. 수련생일 때와 지도자일 때의 마음가짐이 사뭇 다르고 바라보는 시야도 달라졌지만 결국 요가 안에서 성숙하는 삶을 가고자 선택한 것이다.

왜 요가 지도자가 되려고 하냐 묻는 이들에게 꼭 하는 말이 있다.

"나 자신과 친해지고 나 자신을 바로 알려면 요가가 너무 좋은 매개체가 될 수 있습니다. 하지만 이걸 아는 사람은 많지 않더군요. 사랑하는 사람들에게, 혹은 인생에 힘든 시기를 겪고 있는, 겪어 왔던 사람들에게 요가로 도움을 주려 하는 마음으로 시작했습니다."

차라리 죽는 것이 낫지 않을까, 라고 생각할 만큼 힘든 시간을 주변 누군가가 느끼고 있을지 모른다. 바로 지금 이 시간에 말이다.

새로운 인연으로 과거를 훌훌 털어버리라는 조언도,

아무 생각 없이 쾌락을 즐기자는 유혹도, 넌 잘 해 왔으니 너무 자책하지 말라는 위로도 너무너무 버거울 때가 있다.

그럴 때에 우리는 결국 내면으로 귀로 해야 하고 요가는 그 길에 핀 봄의 꽃이다.

봄이 없는 인생이 있을까?

아득하기만 한 현실에도 봄은 찾아오고 눈이 녹는다.

겨우내 기록적인 한파로 아주 꽁꽁 언 얼음일수록 봄 햇살에 녹으려면 더 많은 시간이 필요하다. 서서히, 아주 천천히 그렇게 봄은 온다. 그리고 우리를 위로한다.

얼마나 아팠냐며, 얼마나 힘들었냐며. 우리의 봄은 꽃과 함께 피어날 것이며, 고통스러운 만큼 찬란하게 빛날 것이다.

"피어나라 나의 봄이여,
겨울이 고통스러웠던 만큼 봄은 찬란하게 더 빛날지니."

산책월

24일 | 최 별

곧 꽃을

피우리라

곧 꽃을 피우리라   *

위기는 기회로, 아픔은 성장으로.

태어나서 단 한 번도 쉬어 본 적이 없다면 조금 오버하는 것일 수도 있겠지만 본인의 인생을 그렇게 표현하고 싶다. 대학교에 입학하자마자 군대를 다녀와서 학기를 마치고 취업을 하고 한 직장에서 쭉 8년째 지내왔다. 흔히들 한다는 재수라던가 휴학이라던가 이직하며 잠시 쉬어가는 시간 따위는 내게 사치였다. 딱히 집이 어려워서도 아니었고 무엇인가 꿈이 명확했던 것은 아니었지만 그저 열심히 살아야 한다는 신념 하나로 쉬지 않고 달려왔던 것이다. 그런 탓이었을까? 30대 초반의 젊은이는 또래 친구들보다는 좀 더 빠르게 결혼도 했고 자신의 보금자리가 있으며 일을 그만두지만 않으면 먹고사는데 큰 무리는 없는 출발선에 위치하게 되었다. 회사에서 자리도 잘 잡혀 있고

자진해서 퇴사하지만 않으면 그의 인생에는 크게 문제가 없었던 것이다. 이런 날이 지속되면 얼마나 좋았겠는가. 위기는 불현듯이 찾아오기 마련이다.

회사에서 임금이 밀리기 시작했다. 1, 2주 밀리는가 싶었는데 어느덧 1, 2달은 기본으로 밀리고 있는 상황이 다가왔다. 지금 이 글을 쓰는 현재 월급은 3개월 치가 밀려 있고 곧 4개월을 향해 다가가는 중이다. 어떻게 그렇게 버텼냐고, 미련하다고 얘기한다면 나름대로 쌓아온 현금과 첫 취직한 회사의 정이 혼합되어 아직까지는 버티고 있다고 이야기하겠다.

사람이 결단을 내려야 할 때는 단호하게 내려야 하지만 회사의 바램과 불확실한 희망 속에서 나도 어느덧 우유부단한 사람이 되어있었다. 차라리 망해버리면 모르겠는데 회사를 살리고자 노력하는 임원들의 모습을 보며 하루에도 몇 번씩 퇴사와 재직을 번갈아 고민하는 중이다. 사실 고민을 하는 이유 중에는 내 사업을 하고 싶다는 생각이 가장 크다. 요새 많이 드는 생각은 회사에서 열심히 일하며 돈을 벌어도 부자가 될 수 없다는 것이다. 그저 집 융자금을 갚아 나가며 평생 살아가는 것이 내가 진짜 원했던 인생인가를 생각하게 된다. 나는 직장인에 머무르는 한, 월급을 받아서 생활하는 월급쟁이의 삶을 살아간다면 아마 60세쯤에는 집 대출금을 다 갚고 조그마한 상가에서 월세를 받는 정도의 인생을 살아갈 수 있을 것이다. 32살의 젊은이가 생각하기에는 너무 작은 꿈이라는 생각이 들었다.

기왕 태어난 김에 우리 가문의 가난을 끊어야겠다는 결심이 선 지는 오래되었지만 그 꿈을 차일피일 미루고 있었다. 이유는 명확했다. 지금 당장 배가 따스하고 배부른데 굳이 자본을 투입하여 위험을 무릅쓰고 싶지 않았던 것이다. 그래서 회사에서는 직원들에게 딱 만족하지는 않지는 않지만 크게 부족하지는 않을 정도로만 급여를 제공하는 것 같다는 생각이 들었다.

어찌되었건 많은 생각을 하게 된 요즘이다. 본인은 돈을 많이 벌고 싶었다. 행복은 돈으로 살 수 없지만 돈이 있다면 대부분의 걱정이 해결되므로 행복에 가까워질 수 있다고 생각했다. 하지만 지금의 내 모습은 집 융자금과 여러 대출금을 갚아야 하므로 직장생활을 계속해서 해야만 하는 월급쟁이가 되어 있었다. 월급쟁이가 나쁘다는 뜻은 아니다. 자신이 괜찮다면 상관없는 일이다. 하지만 본인과는 맞지 않았다. 맞지 않는 옷을 입으면 단추는 뜯어지기 마련이다. 이제 내 인생의 단추는 뜯어지기 직전이었다.

남들이 취업 잘된다는 공과계통으로 전공을 하고 맞지 않는 공과계통 일을 하며 맞지 않는 부모님의 철학을 받아들이느라고 고통스러웠던 날들이 스쳐 지나간다. 어쩌면 그 덕분에 지금 당장 배부르게 먹고 살 수는 있는지 모르겠다. 그것에 만족한다면 나는 그렇게 살아가야 할 것이다. 하지만 본인은 조금 다른 목표가 있다. 내가 부자가 되어서 우리 가문의 가난을 끊는 사람이 되고 싶다. 그러하기에 나에게는 더 많은 돈이 필요하고 직장인의 월급을 초월하는 자금이 필요하다.

꿈같은 이야기일 수도 있겠다. 그냥 가만히 앉아서 돈이나 벌면 다행이라고 이야기하는 사람도 있겠다. 꿈만 꾸는 사람은 그 꿈만 꾸면서 살아가게 되지만 실행으로 옮기는 사람은 그 꿈을 이루게 된다고 했던 가. 나는 경제적으로 자유로우며 내 생각을 표현하면서 살아가고 싶다. 그러기에는 사업적 성공이 단행되어야 한다는 결론을 얻어냈다. 그래서 오늘도 내가 할 수 있는 일들을 적어보고 있다. 회사가 어려워서 월급도 못 받는 상태이지만 오히려 그런 상황은 나의 꿈과 실현하고자 하는 목표를 정확하게 이해하게 되는 계기가 되었다.

어쩌면 이것은 신이 주신 기회일 수도 있다. 평생을 지금에 안주하며 살아가도 문제가 없는 나의 인생에 가장 중요한 것이 무엇이었는지 신이 직접 나에게 가르쳐주러 오셨다는 생각이 든다.

공교롭게도 나는 이 시기를 통해서 인생의 목표와 목적에 대해서도 다시 생각하게 되었다. 내가 정말로 원하는 것이 무엇인지, 이루고자 하는 것이 무엇인지, 나라는 사람은 누구인지 등에 대해 아주 잘 알게 되었다. 나의 장점과 단점, 가치관, 목표하는바, 행복을 위해서는 무엇을 해야 하는지 등에 대해서 말이다.

아쉽게도 그 안에는 지금의 회사는 없는 듯하다. 회사는 그저 나의 배를 채워주는 수단일 뿐 여기에 목매일 필요가 없다는 생각이 들었다. 다른 책들을 보면 퇴사를 쿨하게 하고 잘 살아가는 사람들의 이야기를 흔하게 접할 수 있다. 물론 잘 된 사람만 그런 책을 적어서 출간을 했겠다만, 나처럼 과정에 있는 사람도 출간할 수 있는 것 아니겠는가. 준비하면서 느끼는 과정, 다시 세운 철학 등에 대해 나눌 수 있다는 생각이 들어서 이번 챕터를 집필하게 되었다.

사람은 누구나 자신의 가치관과 철학이 있다. 어릴 때부터 형성되어온 그 철학에는 본인의 본래의 기질도 있을 것이고 부모로부터 교육받은 교육적 기질 또한 함께일 것이다. 요 근래 많이 느끼는

것인데 사람은 결국 자신이 원하는 것을 추구한다는 것이다. 타인에 의해 강요받았거나 교육되었다고 하더라도 자신이 원하고 이루고자 했던 것들로 회귀하려는 경향이 있다.

그래서 항상 자신을 돌아보아야 한다. 본인처럼 어떠한 계기가 생겨서 돌아볼 수도 있겠지만 지금 당장 배가 따스하더라도 자신을 돌아보았으면 한다. 삶의 주인공은 자신이라는 말이 있듯이 인생은 자신의 뜻대로 살아가야 행복하다.

타인에 의해 맞지 않는 옷을 입고 살아가기에는 인생이 너무 길며 행복하지 않다. 그래서 무엇이 자신을 행복하게 하는지, 삶을 살아가는 이유나 목적은 무엇인지에 대해 자신을 잘 살펴보아야 한다. 결혼, 아이,

부모 등을 부양하거나 책임져야 하기 때문에 나 자신을 돌보지 못하는 경우도 허다하지만 결국 그런 인생은 자신의 행복과는 직결되지 않는다.

행복을 표현하는 계절을 지칭한다면 봄이라고 표현하고 싶다.

생각을 바꾸고 자신을 돌아본다면 인생에도 봄이 찾아올 것이다.

평생을 타인을 위해서 살아가는 사람이 될 것인지, 나를 위한 삶을 살아갈 것인지는 선택해야 할 문제이다. 개인적인 생각으로는 내 인생이 우선시되어야 남도 챙길 수 있다고 생각한다. 내가 우선적으로 행복해져야 남들에게도 행복을 나누어 줄 수 있는 것이지 내가 행복하지도 않는데 남들에게 어떻게 행복을 나누어주겠는가. 그래서 육아에 지친 당신에게, 부모님을 모시느라 오늘도 애쓰는 당신에게, 인생의 반려자를 행복하게 해주기 위해 노력하는 당신에게 이 말을 꼭 전하고 싶다.

"당신부터 행복해지라고,
나부터 챙겨야 남도 챙길 수 있다고." 말이다.

산책윌

25일 | 치 키

우리,

함께 피어나는 봄이라서

우리, 함께 피어나는 봄이라서 　＊

　차가운 겨울의 끝자락에서 따뜻한 햇살이 스며들고, 나뭇가지에 연둣빛 새싹이 돋아나는 모습을 보면 마음이 설렌다.

　이렇듯 새로운 시작을 알리는 이 계절을 만날 때면 나는 사랑하는 사람과 함께하는 일상이 얼마나 소중한지를 다시금 느낀다.

　사람의 사랑이란 결국, 그런 따뜻한 순간들을 함께 나누는 것에서 시작되지 않을까?

　사람은 혼자서는 살아갈 수 없는 존재다. 당신과 내가 함께 위로를 주고받고, 다양한 감정을 나누며 함께 성장한다. 사랑하는 사람과의 관계는 나의 일상의 작은 기쁨을 더욱 빛나게 만든다.

　매일 아침 눈을 뜨고, 그 사람의 미소를 보는 것만으로도 나의 오늘은 더없이 특별해진다. 그런 일상이 반복되면서 우리는 서로의 마음속에 깊이 자리 잡아 간다. 그 사람과 함께하는 순간들은 마치 봄꽃처럼 마음에서 피어나고, 그 속에서 우리는 서로를 알아가고, 사랑하게 된다.

봄날의 일상 속에서, 우리는 자주 작은 여행을 떠난다.

여행이라고 해서 꼭 어딘가로 떠나야만 하는 것은 아니다. 집 근처 가까운 공원이나 놀이터에 나가 돗자리를 펴고, 함께 도시락을 나누는 것만으로도 여행의 기분을 느낄 수 있다.

여행의 의미는 내게는 반복적인 하루의 루틴에서 벗어나 잠시 휴식을 즐기는 그 순간이다. 어딘가로 떠나는 것도 좋지만 그렇기에 일상에서의 '여행'도 나는 즐겨 나가는 편이다.

특히 벚꽃이 흐드러지는 봄에는 만개한 벚꽃나무 길을 걸으며 캔 맥주 한 잔을 마시며 당신과 소소한 담소를 나누면 그렇게 행복할 수가 없다. 함께 거닐 때 꽃잎들이 바람에 날려 당신의 머리 위에 살포시 떨어지는 걸 보고 괜스레 웃어도 보는 그런 소소한 순간들. 그러한 순간들이 쌓여 우리의 일상이 더 풍성하게 피어나는 것 아닐까.

'이리 와, 분홍 어린 봄아.'

나에게 봄은 시작의 계절이다. 차가운 온기를 지나, 생동감이 넘치는 봄이 찾아오듯 따스한 온기로 나 또한 다시 피어나기 시작한다. 사랑하는 사람과의 일상 속에서 우리는 다시 한번 시작하는 과정을 함께 겪는다. 때로는 일상의 작은 갈등이 생기기도 하지만, 그러한 갈등조차도 서로를 이해하고 배려하는 계기가 된다. 우리는 서로의 다름을 인정하고, 그 속에서 더 깊은 사랑을 느낀다. 그 사랑은, 서로를 더욱 단단하게 만들어준다.

봄의 색깔은 봄꽃만큼이나 다채롭다.

벚꽃은 첫사랑의 추억을 담아 연분홍의 꽃잎을 바람에 날리고 개나리가 노란 꽃망울을 터뜨리며 나에게 밝은 미소로 인사를 건네고, 진달래는 그 자태로 산과 강가를 진분홍빛으로 물들인다.

봄꽃의 색들은 나의 화폭에 풀어지는 물감들처럼 서로 조화를 이루며, 다음은 어떤 설렘이 그려질지 기대하게 하는 시각적인 즐거움을 선사한다.

그래서인지 봄은 감정의 변화를 불러일으킨다.

겨울의 고독함과 쓸쓸함을 뒤로하고, 따스한 햇살

아래에서는 사람들의 얼굴도 환하게 피어난다. 웃음 소리가 울려 퍼지고, 연인들은 손을 맞잡고 산책하며 사랑을 시작한다. 유난히도 사계절 중 봄에 가장 사랑이 많이 피어나는 이유는 무엇일까.

봄날 아래에서 나는 일상 속의 작은 행복을 찾아 나선다.

사랑하는 사람과의 손길이 닿는 순간, 그 따뜻함은 세상의 어떤 것보다 소중하게 느껴진다. 당신과 나는 눈웃음으로 서로를 바라보며, 무언가를 말하지 않아도 깊이 통하는 감정을 나눈다.

그때의 감정은 실바람보다 부드럽고 그 안에서 우리는 시간이 멈추었으면 하는 생각이 들 정도의 설렘을 느낄 수 있다.

꽃이 만개한 공원에서의 여유로움, 바닷가의 산책, 그리고 한적한 카페에서 나누는 대화까지 모든 게 당신과 나의 기억 속에 깊이 새겨진다. 그러한 순간들은 시간이 지나도 잊히지 않으며, 언제나 우리를 따뜻하게 감싸준다.

사랑은 그렇게 일상 속에서 피어나는 것이고,

사랑이 사람이라는 이름으로 삶이 되어가는 과정이다.

결국, 봄은 사람이지 않을까.

우리는 사랑을 통해 사람과 사람 사이의 소중한 관계를 만들어간다. 일상 속에서의 작은 행복들이 모여 삶을 더욱 풍부하게 해 준다. 사랑하는 사람과 함께하는 여행은 단순한 장소의 이동이 아닌 찰나라는 이름의 조각들이지 않을까.

그렇게 우리는 매일매일의 일상 속에서 사랑을 느끼고, 그 사랑을 거름 삼아 오늘 하루의 온기를 피워낸다.

사랑이란 결국, 그런 소중한 사람들과 함께하는 일상 속에서 피어나는 꽃과도 같다, 봄의 향기와 함께.

나의 분홍 어린 봄은 그렇게 매 해마다 다시 피어난다.

우리, 함께 피어나는 봄이라서,

그 어떤 감정으로 칠해져도

나는 더없이 예쁜 색의 사람이고,

너는 더없이 멋진 색의 사람이니까.

산책월

26일 | 해쪼이

물집이 피어오를 때

fear가 사라진다

-겨울이 끝나면 또 다른
봄의 향기가 피어오른다.-

물집이 피어오를 때   *
fear가 사라진다

시간은 언제나 거짓말을 하는 법이 없습니다. 사람으로 태어난 이상 누구나 하루 24시간이 똑같이 주어집니다. 같은 조건 속에서 우리의 삶은 다른 결과를 만들어 냅니다. 하루가 쌓여, 한 달이 되고, 그 한 달이 12번 모여 1년이 됩니다. 그리고 그 1년은 각각 봄, 여름, 가을, 겨울의 계절을 지나옵니다.

오늘을 기점으로 1년을 돌아봅니다. 이렇게 시간이 정직함을 또 깨닫습니다. 내가 열심히 한 만큼 결과를 얻었고, 아쉬운 만큼의 지혜를 얻었으며, 다짐한 만큼의 미래를 손에 쥡니다.

취미 부자인 저는 계획 세우기를 좋아합니다. 그 많은 취미를 다 해내려면 나름의 체계가 필요하니까요. 그렇지만 '계획 세우기'를 좋아하는 것과 '계획 실천하기'는 다릅니다. 사실 저는 전자(前者)에 충실했던 사람이었습니다. 작년에 진짜 어른(?)이 되어가면서 자연스레 후자(後者)에 초점을 맞추기 시작했습니다. 계획을 세우기만 하고, 그저 세워진 계획을 보며 뿌듯해했던 저는, 말로만 뱉고, 실천하지 못하면 부끄러운 상황들을 스스로 만들었습니다.

만약 혼자 계획을 세우고, 실천 의지가 생기지 않는다면 나를 가장 믿어주고, 내가 잘 보이고 싶은 사람에게 공언하고 다니세요. 어떻게 해서라도 하게 됩니다. 이 방법으로 저는 하나둘씩 목표들을 완수해 나갔습니다. 하다 보니 남는 것들이 생기더군요. 그런 말이 있지 않습니까? '과정은 사라지고, 결과는 남는다.' 자격증을 취득하는 일부터 오랜 기간 하고 싶었지만, 하지 않았던 또는 못했던 일들을 하기 시작했습니다.

일단 시작하고 나니, 어떠한 형태로든 남는 것 같습니다. 내 기억에 각인이 되기도 하고, 그 기억이 어떠한 감정들도 품게 됩니다. 시간이 흘러 그것들은 경험이 되는 것 같습니다.

어떤 것은 결과로 남는 것들도 있습니다. 기술이 남기도 하고, 자격증이 남기도 하고, 사람이 남기도 합니다. 어떤 형태로든 남는다는 것을 알고 나서는 도전하는 것을 오히려 즐기기 시작했습니다. 두려웠던 첫 해외여행이 끝나니, 결국 세계 어느 나라도 사람이 사는 곳이고, 언어가 통하지 않아도 어디든 갈 수 있고, 원하면 뭐든 먹을 수 있다는 것을 깨달았습니다. 그 후엔 돈이 없어서 못 가지 두려워서 못 가는 일은 없게 되었습니다.

글을 쓰기 시작한 것도 같은 맥락이었습니다. 친구들의 상담가로서 음지(陰地)에서 활동하던 저는 그런 친구들에게 글을 써보는 것이 어떻겠냐는 제의를 많이 받았습니다. 그때마다 전 이야기를 들어 주고, 상황에 맞게 내 생각과 이렇게 하면 좋을 것 같다고 하는 상담과 글을 쓰는 건 다른 영역이고, 나보다 글 잘 쓰는 사람들이 얼마나 많은데 글을 쓰느냐고 손사래를 쳤습니다. 또, 내가 어떤 분야에서 이룬 것이 없는데, 누가 내 글을 사서 보겠느냐고. 그랬던 제가 이렇게 남에게 보이는 글을 쓰게 되는 것도 일단 하다 보니 결과가 그리고 경험이 쌓이는 것 같습니다. 그러면서 제가 외치는, 제가 만든 정신이 있습니다.

제 필명과도 맞닿은 '해쪼이 정신.' 일단 해! (DO) 그리고 즐겨! (JOY) 이것이 제가 만든 해쪼이 정신입니다.

　시작이, 처음이, 무섭고, 두려운 건 누구나 똑같습니다. 그런데 두렵다고 고민만 하다 보면 절대 할 수 없습니다. 돌다리도 두들겨 보고 건너랬다고, 숙고(熟考)하고, 조심하는 건 절대 나쁜 것이 아닙니다. 그러나 시도하지 않고, 불안해하고, 걱정만 하는 것은 어떠한 것도 남지 않습니다. 또 막상 시작해 보면 '별거 아니었네?' 하는 것도 있습니다.

　반대로 시작해 보니, 생각했던 것보다 더 어려운 상황도 있습니다. 그럴 때 저는 하나하나 헤쳐 나가며, 성장과 배움의 기회로 삼습니다. 게임에서 미션 클리어 하듯이 말이죠. 쉬운 길보다는 어려운 길이 배움의 기회이자 남들과 차별화를 만들 수 있는 지점이라고 생각합니다. 그리고 오히려 쉬운 길은 경쟁이 심합니다. 어려운 길은 사람들이 꺼리기 때문에, 조금만 고생하면 우위를 점할 수 있습니다. 반면에 쉬운 길은 너도나도 가고 싶어 합니다. 사람의 이러한 속성은 제가 굳이 설명하지 않아도 잘 아시리라 생각합니다. 제가 만든 이 해쪼이 정신을 바탕으로 도전하고, 즐기고, 실패하고, 성장하고 있습니다. 이 정신은 지금의 저 해쬐이를 만들고, 이룬 근간이라고 생각합니다. 해쬐이 정신으로 무장하고 있을 때쯤 친구의 연락을 받았습니다.

"야! 우리 마라톤 나가볼래?"

"헐? 풀 코스는 아니지?

"당연하지, 하프 코스부터 해보고, 나중에 풀 코스도 도전해 보자!"

친구의 제안에 심장이 뛰기 시작했습니다. 마라톤이라고는 중학교 때 학교에서 주최하는 5km 대회가 전부였고, 그나마 길게 뛰어본 건 군 시절 체력 측정 3km가 전부였습니다. 그렇지만 또 도전해 보고 싶었습니다. 솔직히 꾸준히 운동을 해온 터라 근거 없는 자신감도 있었습니다. 친구와 일정을 조율하고, 4월 말 봄에 열리는 부안 해변 마라톤에 나가기로 했습니다. 2월에 접수하고 남은 기간을 계산하니 대략 70일 정도가 남아있었습니다.

2월에는 주로 다니던 헬스장에서 러닝머신으로 연습했습니다. 그러다가 이것저것 찾아보니 실제 땅에서 뛰는 것과는 천지 차이라고 하는 것을 보고, 트랙에서 연습했습니다. 확실히 다르더군요. 러닝화가 아닌 일반 운동화를 신고, 7km를 뛰어보니 발이 바로 까지고, 발바닥에 땅의 진동이 그대로 전달되었습니다.

사실 달리기 하면서 큰돈을 쓰고 싶지 않아 러닝화를 구매하지 않으려 했는데, 도저히 불가능할 것 같아서 큰맘 먹고 러닝화도 구매했습니다.

3월 초엔 일이 바빠져 연습을 못 하게 되어, 불안감이 올라왔습니다. 친구랑 통화해 보니 친구도 육아하느라 연습을 못 했다고 했습니다. 이러다 우리 완주 못 하는 거 아니냐고 서로 웃으며 통화를 마쳤습니다. 그 통화를 계기로 경각심을 갖고, 다시 연습에 박차를 가했습니다. 처음에 10km를 뛰는 것도 어려웠던 저는, 10km를 47분에도 뛰게 되었습니다. 자신감이 붙어 거리를 더 늘려 연습하기 시작했습니다. 그런데 10km와 11km는 또 다르고, 11km와 12km는 다르더군요. 주 3회 이상 꾸준히 연습하니 15km까지는 달릴 수 있는 체력을 길렀습니다.

시간이 흘러 어느덧 대회까지 2주가 남았습니다. 한 번도 20km를 뛰어본 적이 없어 조바심이 났습니다. 연습을 늘리려 해도 마라톤은 하루에 2~3번 할 수 없는 운동이다 보니 마음이 급해지는 것은 어쩔 수 없었습니다. 대회가 1주일 남았을 때는 매일 연습할 수도 없어서 퐁당퐁당으로 연습했습니다. 그래도 한번은 20km를 뛰어봐야 할 것 같아서 대회 3일 전 22km를 뛰었습니다. 힘이 들고, 다리가 후들거렸지만, 그간의 연습이 그래도 빛을 발휘한 순간이었던 것 같습니다.

대회 하루 전 친구네 집으로 갔습니다. 집을 나서기 전 시뮬레이션을 해가며, 헤어 밴드, 러닝 상·하의, 팔토시, 양말 등을 챙겼습니다. 한 번 더 꼼꼼히 체크 후 친구 집으로 가는 버스에 올랐습니다. 친구 집에 도착 후 준비물을 다 챙겨왔냐는 친구의 질문에 여러 번 시뮬레이션했다고 했습니다. 그런데 친구가 러닝화 이야기를 하자마자 아차! 싶었습니다. 다른 건 다 챙겼는데 제일 중요한 러닝화를 깜빡 두고 온 것이었습니다.

친구에게 집에 가야 할 것 같다고 내일 대회장에서 보자 하니, 친구가 다행히 러닝화가 2개 있다고 했습니다. 신어 보니 얼추 맞아서 그걸 신고 뛰기로 했습니다. 밤이 되고, 친구랑 식사 후에 가볍게 몸풀기 러닝을 하고, 일찍 잠에 들기로 했습니다.

막상 잠을 청하니 잠이 오지 않아 대회 당일 새벽 2시까지 잠을 이루지 못했습니다. 겨우 잠이 들었고, 체감상 눈을 감았다 뜨니, 벌써 일어나야 할 시간인 새벽 5시가 되었습니다. 준비 후 대회 장소에 도착하여, 몸도 풀고, 긴장감을 낮추기 위해 친구랑 수다도 떨었습니다. 포기만 하지 않으면 완주할 수 있지 않겠느냐며, 이거 뭐 별거냐며! 하면서 서로를 응원했습니다. 출발 시간이 되어 출발선 앞에 섰고, 저는 2시간 내 완주 풍선을 달고 계신 페이스 메이커 옆에 바짝 붙어 섰습니다.

그렇게 출발 시간 10초 전, 5초 전, 땅 하는 소리와 함께 하프 코스를 선택한 사람들이 일제히 달려 나갔습니다.

1km를 지나는 지점에서 오르막이 시작되어 힘이 들었지만 그래도 그간의 체력이 올라왔는지 성큼성큼 지날 수 있었습니다. 한 사람 한 사람 제 뒤로 사람들이 지나쳐지며, 기분도 덩달아 상승했습니다. 나름의 작전을 써본다고, 잘 뛰는 사람 뒤에 서서 바람의 저항도 줄이며 달렸습니다.

우리네 인생 굴곡처럼 몇 번의 오르막과 내리막이

있었는지 모릅니다. 따뜻한 봄이었지만 4월 말의 아스팔트 열기는 참 뜨겁더군요.

5km를 막 지났을 때쯤이었을까요? 오른쪽 발바닥에서 계속해서 쓰라린 느낌이 났습니다. 그렇지만 나의 뜀박질을 멈출 수 없었습니다. 그렇게 7km까지 버티고 뛰니, 이번엔 반대편 왼쪽 발바닥까지 아프더군요. 그렇습니다. 제 발에 맞춘 신발이 아닌 친구의 신발을 신고 뛰면서 양발에 물집이 잡히기 시작한 것이었습니다. 반절도 오지 않은 상황에서 수많은 생각이 교차했습니다. '아… 아직 절반도 안 왔는데, 포기해야 하나? 아.… 근데 많은 사람들한테 마라톤 나간다고 말하고 다녔는데, 포기할 명분이 없는데…?'

이런 생각을 하면서 버티고, 악물고 뛰고 있었습니다. 10km 반환점을 돌고, 이걸 한 번 더 해야 한다고 생각하니 할 수 있을까? 라는 의심과 두려운(fear) 마음이 피어오르더군요. 친구보다 앞섰던 저는 반환점 이후에 친구를 만나며 힘을 냈습니다. 포기하지 않고, 꾸준한 속도로 오는 친구를 보고, 그래 해보자 하고 마음을 다졌고, 계속하여 앞으로 나아갔습니다. 한 걸음 내디딜 때마다 발바닥의 통증은 이루어 말할 수 없었고, 15km 지점을 지나니 복통까지 동반해 왔습니다. 마지막 언덕에서는 이게 달리는 건지, 걷는 건지 구분이 안 될 정도로 몸이 말을 안 들었습니다. 러너스 하이? 그거 혹시 죽고 싶은 기분을 말하는 거냐며 우스갯소리로 말하던 그 말이 떠올랐습니다.

부안 해변 마라톤

2024-04-28

Name	김·
Bib No.	3126
Course	하프
Results	01:56:26.21

18km, 19km의 간판을 지나 저 멀리 20km의 간판이 보였습니다. '이제 다 왔구나! 내가 이거 죽어도 다시는 안 한다.'라는 마음이 들었습니다. 그런데 20km가 지났는데도 결승점은 없었습니다. 마지막에 이미 온 힘을 다 쏟았는데 왜 끝나지 않지? 내가 잘못된 길로 온 건가? 라는 생각이 들었습니다.

네....그렇습니다. 마라톤 초보였던 저는 하프가 20km인 줄 알고 있었습니다. 마라톤 하프 코스는 풀코스인 42.195km의 진짜 절반인 21.0975km를 뛰어야 하는 것이었습니다. 평소 1km 달리기를 잘 뛸 때는 4분대 페이스도 가능한데 20km를 뛰고 난 이후의 1km는 왜 그렇게 먼지 끝이 없었습니다. 등산할 때도 마지막 고비, 남은 200m가 가장 힘들듯이 가장 힘든 1km였습니다. 마침내 결승점이 보였고, 그 주변에 모인 사람들의 환호와 응원을 받으며, 마지막 힘을 쥐어짜 내 결승점을 통과할 수 있었습니다. 1시간 56분 26초 21. 마라톤 하프 코스가 제게 남긴 결과였습니다. 끝나고 나니 그 기분은 지금껏 느껴본 적 없는 기분이었습니다. 발은 터질 것 같이 부어있었고, 어렸을 적 타던 트램펄린을 타고 나온 것처럼 내가 걷는 것이 아닌 느낌이었습니다. 그리고 도착과 동시에 먹은 막걸리와 두부김치는 이 세상 어떤 음식보다 맛있었습니다. 그 막걸리 한잔에 아! 이래서 마라톤을 뛰나? 싶었을 정도였으니까요.

그때 깨달았습니다. 결핍은 그 결핍이 심할수록 해소되었을 때, 이 세상에서 맛볼 수 없는 천국을 맛볼 수 있다고.

다 먹은 후 친구를 맞이하러 결승점에 갔고, 그 시간에 맞게 친구가 도착했습니다. 서로를 끌어안고, 고생했다고, 멋있었다고, 대단했다고, 응원해 주었습니다. 돌아오는 길에 뛰는 내내 발바닥이 아파서 포기하고 싶었다고. 다음에는 못할 것 같다고. 웃으며 그날을 마무리했습니다. 집에 돌아와 스스로를 돌아보니 자랑스럽고, 대견했습니다. 그리고 친구에게 문자를 보냈습니다. 하반기에 또 나가자고. 그리고 내년엔 풀 코스를 도전하자고. 우리는 9월 대회를 또 신청했습니다.

그렇게 봄은 지났고, 지금은 여름을 지나고 있습니다.

뜨거운 열음이 지나고, 곧 대회가 열릴 가을 하늘 아래 우리의 모습이 있겠지요. 뛰는 내내 또 차가운 겨울의 시련을 맛보겠네요. 그걸 알지만 우린 또 달리고, 뛰고, 아파할 게 분명합니다.

왜일까요?

그것은 반드시 봄이 피어난다는 것을 알기 때문일 겁니다.

왜 마라톤, 달리기일까요?

그 누구와의 싸움도 아닌 자신만의 싸움이기 때문입니다.

달리기 하나에 이렇게 많은 것을 배울 수 있을지 몰랐습니다.

계절이 돌고 돌듯, 결국 돌아서 결승점을 들어와야 또 다른 결승점을 찾을 수 있습니다. 설령 결승점에 들어오지 못할지라도 우린 또다시 새로운 결승점을 찾을 것입니다. 실패를 두려워하지 않으셨으면 합니다. 오히려 실패가 없는 것을 두려워했으면 좋겠습니다. 실패가 없다는 것은 문제를 발견하지 못한 것이거나 도전 자체가 없는 것을 의미합니다. 많이 실패하시고, 성공할 때까지 해보셨으면 좋겠습니다. 제가 세운 '해쯔이 정신'이 아니더라도 많은 것을 해보셨으면 합니다.

　　내일 죽더라도 에펠탑을 보고 죽은 사람과 우물 안
에서 하늘만 바라본 사람은 다르다고 생각합니다. 그
리고 지금이 겨울이라면 오히려 따뜻한 눈이라고 생
각하시고 흠뻑 맞으셨으면 좋겠습니다. 계절은 반드

시 겨울이 지나야만 봄이 오니까요.

제 이야기의 계절은 여기서 끝나지만
우리는 돌고 돌아 언젠가 다시 만나게 될 거니까요.

그때는 당신의 이야기가
나의 이야기에서 비롯되었다는
이야기를 듣게 되면 좋겠습니다.

에필로그

처음 이 수필공동집을 만들 때,
다섯 열음이서 함께 나아간다는
제목을 만들고 싶어 고민하다가
'산책'을 하는 것. 그렇게 함께
'걸어 나아가는' 의미로 생각해 보았습니다.

해의 자리가 온기의 흔적으로,
지평선 너머의 박명으로 산란하는 그 순간.
세상에는 푸름이 고요히 내려앉습니다.
'블루아워'라는 이름으로요.
그렇게 따스함이 고요함이 되어가는 그 시간,
나는 당신을 산책하고 싶습니다.

나의 오늘은 어떤 요일이었나요?
요일별 열음들의 이야기와 함께한 '산책'은 어떠셨
나요?

나는, 오늘도 내일도 그리고 앞으로도

'당신'을 산책하고 싶습니다.

너를 산책하는 중이라서

초판 1쇄 발행 2024년 12월 12일
초판 1쇄 인쇄 2024년 12월 12일

지은이	치키 | 산책자 | 엉겅퀴 | 최별 | 해쪼이
표지 디자인	최다솜 @dasomnium
본문 디자인	포레스트 웨일
펴낸곳	포레스트 웨일
출판등록	제2021 - 000014 호
주소	충남 아산시 아산로 103-17
전자우편	forestwhalepublish@naver.com
종이책	979-11-93963-68-5

작가님들과 함께 성장하는 출판사
포레스트 웨일입니다.
작가님들의 소중한 원고를 받고 있습니다.
forestwhalepublish@naver.com